モンブラン

ファビオ・ヴィスコリオージ　大林 薫 訳

Fabio Viscogliosi

Mont Blanc

éditionF

モンブラン

光は燃焼を伴わない炎である。

ジョセフ・ジュベール[1]

〈ゴースティング火炎〉と呼ばれる現象がある。世界のすべての消防士がこの現象の意味するものを知っている。ゴースティング火炎とは、酸素が減少した燃焼空間で小さな炎が酸素を求めてゆらゆらとさまよう現象であり、炎が一気に噴出して燃焼が拡大する前に見られる。つまり、深刻な事象の前触れということである。世界のすべての消防士は、それが自身の命にかかわる危険のサインであることを強く認識している。

※フランス語ではゴースティング火炎をles anges danseurs（踊る天使）と表現する。

1

その日はぽかぽかとした陽気で、鳥のさえずりが幾重にも重なって聞こえ、希望を芽吹かせる季節の兆しが感じられた。春は例年よりも早く訪れようとしていた。妻とアパルトマンにもどったときにはすでに午後になっていた。僕たちはパリに行ってきたのだが、ともあれ、喧噪の中で二日間を過ごした身にとって、やはりわが家はほっと落ちつける場所だとしみじみ思ったものだった。

日が落ちてから僕は自室にこもってギターを抱えた。あれこれととりとめもなくコードを鳴らし、思いついたメロディーを乗せていくが、なかなか曲のイメージが固まらない。

いや、というより、そのときの自分はなすがままの境地に近かった。夜の帳が降り、あたりに静けさが漂いはじめると、ときおりそんな状態になることがある。細く開けた窓から、街のノイズが風に運ばれてきた。ギターの調べにそれが触れると、微妙な不協和音が生まれる。そんなところからさまざまなイメージがふくらんだりするのだが、僕はあまり意識せず、ただギターをかき鳴らしていた。

午後一一時頃、隣の部屋で電話が鳴った。電話は叔母からだった。僕は驚いた。時間も時間だったし、電話で話したりするような仲でもなかったからだ。こちらが挨拶する間もなく、叔母は切りだした。

「今、憲兵隊から連絡があってね、モンブラントンネル内でトラックから出火したらしくて、なんだか大変なことが起きて、最悪の事態になっていて」そこまで叔母は一気にしゃべった。

不意に炎に包まれているモンブランの姿がまぶたに浮かんだ。火と氷の入り混じった異様な光景で、叔母にはなんと言葉を返せばいいかわからず、何よりもそれが自分となんの関係があるのか、ぴんとこなかった。

かすれた声で、叔母は単刀直入に言った。

「あなたのお母さんとお父さん、亡くなったって」

＊

ここからは僕の想像だ。

一九九九年三月二四日水曜日。この日の朝に両親は車に乗りこんでいる。車は〈ランチア・デドラ〉、チャコールグレーのオーソドックスなステーションワゴンだ。移動の時間や距離からざっと見積もると、出発時刻は八時前後といったところだろうか。朝日が斜めに差していて、新築の家の外壁を明るく照らしだす。桜の蕾がほころびはじめ、庭の植物も一斉に芽吹いている。自然界の不思議に毎年のように驚かされる、そんな輝くばかりの三月の朝のことだ。

両親はまず数キロ先に住む友人女性のJさんを迎えにいく。そして、Jさんを乗せてイタリアに向かう。三人は二泊三日のささやかな旅行を楽しむ予定だった。三人の乗った車はジュネーヴに行く高速道路を走り、アンヌマスのジャンクションでシャモニー方面の道に入る。途中で〈トタル〉か〈アジップ〉のサービスステーションにでも寄って、コーヒーくらい飲んでいるかもしれない。

一〇時五四分、モンブラントンネルの料金所で通行料百四十フランを払う。それからバーをくぐり、車はトンネルへと入っていく。トンネルは全長約十一キロだ。通常ならば十分ほどでイタリア側に抜けられる。トンネルを出てしばらく走ればアオスタ渓谷《ヴァレ・ダオスタ》だから、ランチはそこで、などと会話が弾む。だが、トンネルに進入してから四分後、三人は前方から押しよせてくる煙に気づく。

急に車の流れが鈍りはじめる。

前を走っていたセミトレーラーの後部が次第に近づいてきて、父は〈ランチア〉を停止させる。セミトレーラーは行く手をふさぐように停車している。時刻は一一時。トンネルは片側一車線で道幅が狭い。対向車線にも車がいる。追い越すのは無理だ。父がクラクションを鳴らす。だが前の車からはなんの反応もない。運転手はいないようだ。あるいは、居眠りでもしているのか。

一一時二分。三人は車を捨てることにして、フランス方面に逃げる。

だが、その一分後には煙に追いつかれ、走ってはいられなくなる。三人は低い姿勢をとり、路面すれすれのところに残る空気を吸うようにする。そして、そのまま壁に手を当てながら這うように逃げる。そうやって五百メートルあまり進み、岩をくりぬいて作られたシェルターを探しあてる。三人のうちの誰かがドアを押しあけ、非常ボタンを押す。だが、応答がない。やっと逃げこんだにもかかわらず、三人はすぐにそこを出ざるをえなくなる。数メートル四方のシェルターは気密性が低い。重くなって下降してきた黒煙が方々から侵入してくる。シェルターを離れ、三人はいくらか先に進む。ひょっとするとそのときに母が歩道と車道の段差を踏みはずし、足を痛めて歩けなくなったことも考えられる。さらには強い熱の影響で天井板がばらばらと剥がれ落ちてくる。いや、それはもう少しあとかもしれない。のちの調査によれば、現場は千度以上の高温に達したといわれている。

とにかくもうそれ以上逃げることができなくなり、三人は互いに離れないようにする。煙で視界がさえぎられ、手もとすら見えないのだ。Ｊさんと母は地べたに座りこみ、父より先に息絶える。ふたりの女性のどちらかの手にはロザリオが握られていた。父のほうは壁にもたれ、片手で喉を押さえていたが、やがてそのまま、ずるずると、地面にくずおれていく。

一一時九分、父が事切れる。あるいは、一一時一〇分だろうか。いや、一一分かもしれない。確かなことはわからない。

＊

事故が発生した初期段階の公式発表では、トンネル内に取り残されている利用客はいない、つまり、救助が必要な人はいないとされていた。

同日夜、トンネルを運営するＡＴＭＢ（オートルート・エ・テュネル・デュ・モンブラン[2]）の総裁レミー・Ｃ氏が〈フランス２〉のテレビカメラの前に立つ。くぐもった声に、幅広の顔。企業のトップにふさわしいいでたち。だが、その説明は回りくどい言い逃れに終始している。

「セキュリティシステムはつねに改善され進化していくものですから、今回のような事故が発生すれば、その経験に照らしてわれわれは検討を重ね、さらなる改善の余地がないか確かめることになります。今、ここで申しあげたいのは、この数年、モンブラントンネルでは適切な安全対策が講じられてきたということです。ですから、重大事故は想定が義務づけられる範囲の外だったわけです」

翌二五日の昼、こちらも〈フランス２〉のニュースだが、オート＝サヴォワ県消防局のＬ隊長がインタビューに答えている。

「昨夜、トンネル内で三人のかたの遺体が確認されました。燃えている車に行く手を阻まれてしまったものと思われます。おそらく、フランス側に引きかえして脱出を試みたのでしょう。一八番シェルターから数メートルのところで亡くなっていました」

（これらのインタビューは、フランス国立視聴覚研究所（ＩＮＡ）のサイトで見つけた当時のニュース映像からそのまま引用した。このサイトはとても便利で、日付やキーワードを入力するだけで、昔のものから最近のものまで、過去の放送番組がひととおり表示されるようになっている。ＩＮＡでは過去の映像記録を永久保存版として動画配信しており、だれでも手軽に視聴できる。僕が視聴したのは、事故に関する報道を二分くらいの尺にまとめた編集動画だった。僕はその動画を繰り返し再生しては、何度も何度も見返した。ニュースを報じているのは、明るいグレーのスーツにストライプのネクタイを締めたキャスターで、ラシッドという名だ）

＊

火災発生当初、トンネル内では次々と発せられるクラクションが壁や天井に反響して音が増幅され、耳をつんざくほどだったに違いない。車内に閉じこめられて、誰もがじりじりしている。一刻も早く逃げだしたいところなのにままならない。とてつもない不安に襲われる。何キロもある長いトンネルを脱けだすのに、クラクションを鳴らしたところで何の足しになろう。想像するだにおそろしく、悲壮感の漂う状況だ。

煙と熱の回りははやく、即座に思考が鈍り、体の自由が奪われる。そして、人々は永遠《とわ》の眠りにつく。静まりかえった坑内で、高温の煙が火の音を包みこむ。

*

事故の調査にあたった予審判事によれば、火元となったのは、〈ボルボ〉のフルトレーラー方式のトラックで、油とマーガリンを積んでいたという。[3] 運転手の名はジルベール・D。髪の縮れた五十代のベルギー人だ。トンネルを走行中、サイドミラーに映る煙に気づいたジルベールは車をとめて運転席から降りる。時刻は一〇時五三分。それからジルベールは車を置いて進行方向のイタリア方面に向かって逃げている。そのあとのことは覚えていないらしい。エアポケットのようにその部分の記憶がすっぽりと抜けてしまったのだ。

トラックはトンネルのちょうど中間点、フランスとイタリアの国境をまたぐあたりで炎上した。現場は山肌から二千八百メートルの深部にあたる。火災の直接の原因はわかっていない。一説では、キャビン脇のエアフィルターの中に投げタバコが入りこんで引火したのではないかといわれているが、専門家の見解はさまざまだ。燃料漏れによる出火だという見方もあれば、タバコの吸殻が原因だという意見もある。

＊

出火したトラックの後ろには、二十五台の車両（トラック十四台、ワゴン車一台、乗用車九台、オートバイ一台）の残骸が続いていた。火は車から車へと燃え移り、最後尾の車両にいたるまで徹底的に焼き尽くした。車の中に乗っていた人は全員亡くなっていた。焼け残った骨や歯から、死者の数は三十九名と確認された。

はじめのうち、煙は天井に沿って流れていたが、やがて一斉に下降しはじめ、たちまちトンネル内に死をもたらす闇の帳をめぐらせた。多くの人が煙を吸いこんで気を失い、シートに座ったまま絶命していた。

＊

ジュゼッペという名の五十一歳の男性がいた。ジュゼッペは、運転していたトラックの果物を積んだ冷蔵コンテナの中に避難する。とっさの判断でそうしたのだろうが、彼が助かることはなかった。ほかの車両同様、彼のトラックもまた炎に包まれ全焼した。

スロヴェニア人のジャネスはトラックのキャビンでしばらくじっとしていたが、車を捨てて逃げようと決断する。だが、時すでに遅く、車の外は煙が立ちこめていた。車から降りるやたちまちジャネスは呼吸困難に陥る。のちの調査では、焼けたトラックのシートのあたりやステップの上、車道で彼の遺体の一部が確認された。

また、ウラジミールという男性は、逃げようとして視界のきかない煙の中を百二十メートルほどさまよい、そして力尽きた。彼もまた、有毒ガスを吸いこんで短時間のうちに亡くなっている。

＊

エルネスト、パトリック、モーリッツォ、ブルーナ、ルネ、ステファノ、ジャン＝ミシェル、アンブロワーズ、ガブリエル……まだまだほかにもいる。その人たちのことも書いておきたい。僕は書こうとした。だが、だめだった。急に手が止まってしまったのだ。

＊

それでもやはり、ピエルルーチョについては書かないわけにはいかない。その容姿からスパディーノ（イタリア語で〈細剣〉）のニックネームで呼ばれていた男性のことだ。火元のトラックのそばで黒焦げになった〈ＢＭＷ〉のバイクが発見されているが、そのバイクに乗っていたのがピエルルーチョだった。ピエルルーチョは三十六歳。髪は茶色でくせがある。モンブラントンネルのイタリア側の管理会社で、トンネル内をバイクでパトロールする業務を担当していた。いわゆる現場の職員だ。その日まで、彼は家族のためだけに地道に働く生活を送ってきた。誰もピエルルーチョがそこまで勇猛な人間だとは思っていなかったし、数少ない友人や同僚たちも、彼のことを「ごく普通の男だ」と評している。

火事が発生したとき、ピエルルーチョは休憩に入るところだった。警報を聞きつけた彼は迷うことなくバイクにまたがり、トンネル内に残されている利用客の救助に向かう。そして、現場とイタリア側の出口を何度も往復しながらひとりずつ助けだしていった。利用客をバイクの後ろに乗せて現場から連れだし、新鮮な空気が吸える安全なところで降ろすと、すぐにまたトンネルの中へと引き返す。そうやって救出作業は何十分かのあいだ続けられた。バイクの走行距離は数十キロにも及んだことだろう。最後、ピエルルーチョはモーリスという七十二歳の男性に遭遇する。煙で視界がさえぎられ、方向感覚を失ったモーリスは窒息しかけていた。ピエルルーチョはモーリスを置き去りにはせず、近くのシェルターに連れこむ。そして、その中でふたりは最期を迎えることになった。五メートル四方のそのシェルターの性能からすると、死はほどなく訪れたものと考えられる。

　今となってはもう知るよしもないが、ピエルルーチョは何を思って危険を顧みずトンネルに飛びこんでいったのだろう。スパディーノというそのニックネームにたがわず、彼はとても勇敢だった。まさに『誰が為に鐘は鳴る』の主人公、現代のゲイリー・クーパー[4]だ。不惜身命の精神でなんの見返りも求めない。いいかえれば、煤が降り注ぎ毒性のガスが充満する山中のトンネルで、誰かの人生最後の時に寄り添うためなら自身を犠牲にすることもいとわなかったのだ。

＊

さだかではないが、事故現場で確認された遺体は四十体あったらしい。しかし、その四〇番目の遺体は身元不明だ。ひょっとするとヒッチハイカーか、あるいはトラックの荷台に潜んで国境を越えようとしていた密入国者だったのかもしれない。いずれにしても、その遺体の引き取り手はいなかった。その人物の年齢も顔もそれまでの歩みも、欠けた記憶の襞にしまわれたまま消えてしまったのだ。つまり、存在しない死者がいたということである。

存在しない死者に思いを馳せたとき、ふとある疑問がわいた。《存在を知られる前の太陽はどんな存在だったのか？》だが、考えたところで答えは見つからないだろう。

＊

事故発生の当日から調査が始まっていた。当然ながら、時間の経過とともに事故に関する情報もばらばらと断片的に入ってくる。専門家の集団――消防、科学警察、法医学者、判事、検事、書記、弁護士、事故調査委員会、あらゆる分野の有識者が次々と事故の検分にあたった。トンネルの規模や車両間の距離、延焼の面積などの測定。坑内の空気や付着物、堆積物といったさまざまな試料の採取と分析。監視システムの時刻データが確認され、発火から鎮火までの過程の時刻歴ができあがる。報告書がいくつもつくられ、幾度も読み返されたことだろう。トンネルの通行記録が調べられ、坑内の写真が撮影され、収容された遺骸の検視・身元確認がおこなわれる。また、焼け跡の状況はビデオに収められ、ひとコマずつチェックされる。そして、火災の再現実験や換気装置の作動テストによって、煙や炎の移動の方向や速度が特定される。運びだされた車両の残骸は解体され、トンネルの非常警報装置は点検される。むろん、目撃者やトンネルの管理会社の経営陣や職員への聴き取りもおこなわれる。事故についての見解はいくつかに分かれ、比較検討された。さらには、はるか昔の開発計画当時まで遡って、トンネルがつくられた場所の設定や耐久年数についても詳細に調査の手が入った。僕が入手した事故に関する資料は少しずつ増えていき、巻数にして六十五巻、資料にふった整理番号は四五五九まで達し、それらを収めたファイルを立てて並べると幅数メートルに及んだ。こうなると、もう何がどこにあるか見つけだすのもたいへんなので、僕はそれらをスキャンしてデータ化し、CDに保存した。CDは全部で二十五枚になった。今はマリンブルーのファスナー付きのケースに入れて、すぐそばの戸棚の中に大事にしまってある。めったなことではケースは開けない。開けたとしても、せいぜい枚数を数えるくらいだ。だが、その度にこのCD二十五枚分という量にわれながら驚いてしまう。

＊

両親がどのような死を迎えたのかは謎である。それにまた、どのような状況下で亡くなったのかも謎だった。かなり早い段階で、〈一九九九年三月二四日のモンブラントンネル火災事故〉——のちにこれが事故の正式名称となった——では、事故発生時に適切な対応がとられていなかったために被害が拡大したことが明らかになった。さらには、トンネルの安全面に不備があったことも指摘された。その問題を放置したまま三十年以上も操業を続けていたのだ。つまり、事故は起こるべくして起こったということだ。突然、僕にはその三十数年というトンネルの操業時間が事故までの恐るべきカウントダウンであったように思えてきた。僕たち家族の三十数年の歩みがそれに重なった。家を建て、仕事をし、記念日を祝い、誕生を喜び、引越しをし、ヴァカンスを楽しみ、夢を語り、抱擁を重ねた時間。ふらふらしていた時期、不景気な時代、涙を流したり、歓喜に沸いたりした瞬間——そのすべての時間が、トンネルの操業時間によってそっくり塗りつぶされてしまったのだ。

*

調査報告書では、両親は〈VL20の搭乗者〉として記載されていた。VLは普通自動車の略だ。両親のほかに、車を降りて逃げようとした人は意外にも少ない。両親は自分たちの足で実に五百三十メートルという距離を移動していた。それはもう驚異的としかいいようがない。

両親の遺体は事故当日の夕方、消防隊長によって発見された。消防隊長は母が手にしていたクロコダイルの小さなバッグを回収した。その後、憲兵隊がバッグの中身を調べ、身元が判明して叔母に知らせが行くことになる。ただし、煙や高温という悪条件の下で、ただちに遺体を収容することは不可能だった。激しい熱にさらされ、トンネル内ではコンクリートの爆裂現象が始まる。両親たちはその場に四日間横たわっていた。

予審判事によれば、《三名の食道、胃、および気管支内には煤片の付着が認められた。

うち二名においては喉もとに手をあてた特徴的な姿勢が見られる。これは窒息を起こした際の反射的な振る舞いである。二名はこの姿勢をとった状態で硬直しており、即死に近いと考えられる》ということらしい。

＊

それならば、いわば父と母は愛の絆で結ばれて、手を取りあって亡くなったようなものだろう。あるいは、フランスからイタリアに向かう途中、旅先の空気に魅せられて日常にもどるのをやめてしまったといってもいい。ふたり一緒に最期を迎えたこともさることながら、アルプス最高峰の永遠の白い輝きのもと、二つの国の境界で人生を全うしたのだから、見事というしかない。

僕はあえてそう考えるようにした。そう考えることで自分を励ました。実際、深く愛しあっている夫婦には、最後の最後までともにいてほしい。ふたりのためにも、そう願うのがいちばんいいことではないだろうか。

＊

子どもの頃、両親のどちらかが死んだらどうなるのだろうと考えて、身震いすることがあった。そして、父と母のどちらかひとり残されたほうが、思い出を胸に秘めたまま年老いて、みんなにいたわられている姿を想像したりした。僕が考えたシナリオでは、最悪の場合でも、自分が慰め役となり、家督を継ぐ長男として残されたほうの親の面倒を見るということになっていた。そのつもりでいたから、死や別れに対する覚悟はたぶんできていたはずだし、あるいはそういう局面を迎えることがなくても、別のシナリオができていた。

だが、まさかふたりいっぺんに亡くなるとは。

事故の三日前の日曜日、僕は両親と会っている。帰り際、戸口までついてきた母に僕はそっとキスをした。父のほうはテレビの前でゆっくり舟をこいでいた。テレビではクロスカントリースキーの大会を中継していて、ちょうど画面にはベルモンド[5]という女子選手が映っていた。

それが、僕が最後に見た両親の姿、今でも目に焼きついている両親の最後の姿だ。

*

僕たち姉弟はこれで孤児になってしまった。そんな実感がわいてきたのは、両親が亡くなってしばらくしてからだった。孤児？　三十三歳で孤児だなんて的外れもいいところだ。オルフラン、オルファノ、オーファン……フランス語、イタリア語、英語、どこの国の言葉にしても孤児という語にはとげとげしい響きがある。僕はこの言葉をやさしく転がすように口ずさんでみた。すべすべした感触ゆえに捨てられず、ポケットにしまってある小石をなぞるように。すると、かつて親しんだ懐かしいキャラクターたちが入れ代わり立ち代わり姿を現した。小さな孤児アニーにデイヴィッド・コパフィールド[6]がオーバーラップする。ふと僕は世界中の孤児たちと自分がつながっているような気がした。そうだ。わが身を嘆いていても始まらない。親を失うということは、昔も今もこの先も、誰の身にも起きること、避けるわけにはいかないことなのだ。それを悟ったとき、僕ははっと気づいた。自分はもうけっしてひとりぼっちではないのだと。

＊

三月の天気は気まぐれだ。事故発生から二日後の金曜日には雨が降った。現場は完全に鎮火しておらず、両親はまだトンネルの中に残されたままだった。

姉と僕は墓地を借りるため、両親の居住区の役所に行った。女性職員が古びた墓地の区画図を出してきて、ごちゃごちゃと物が置かれたデスクの上にそのままバサッと広げた。僕たちは職員とともにでこぼこと波打っている図面をのぞきこんだ。図面には区画ごとに、、、、借地権者の名前が手書きで書きこまれている。全体的にほのぼのとした趣があり、通りと居住ブロックに分かれた小さな町の地図を見るようだった。紹介された区域の通路の両サイドの区画はまっさらで、職員は僕たちがその区域の最初の借り手となると話した。つまり、通路の右側でも左側でも好きな場所を選んでいいということらしい。どこでも構わないと職員は言った。

今、当時のことを振り返ってみると、あのとき何年契約で墓地を借りたのかが思い出せない。たぶん最長期間の定期契約にしたのだと思う。いずれにしても、あとで確認しておかなくてはいけない。

*

墓地を確保する以外にも、決めなければならないことが山のようにあった。たとえば、棺。棺を用意しておく必要があった。ひとくちに棺といっても、材質だけでもさまざまだ。モミ、ブナ、あるいはカシワ。だが、そんなことにいちいちかかずらっている余裕はなかった。

もちろん、僕たちは両親と対面できていなかった。まわりからはそのほうがいいと言われていた。生前のきれいな顔のイメージを大切にしたほうがいい、思い出は美しいままがいい、と。両親の遺体はモンブランからグルノーブルの法医学研究所に送られて解剖に付された。歯牙鑑定をするために、両親のかかりつけの歯科医の連絡先を訊かれたが、遺体の状況については詳しく教えてもらえなかった。黒焦げなのか、全身に火傷を負っているのか、バラバラなのか、灰になっているのか……。

十日が経ち、両親が棺に納められて帰ってきた。棺の蓋は開けられないようになっていた。中がどうなっているのか、僕には想像もつかなかった。

どんな格好で横たわっているのだろう。

出かけたときの服をもう一度着せたのだろうか。

目は閉じているのだろうか。

僕はふたりの名前の入った棺桶プレートから目を離すことができなかった。金色の小さなプレートは郵便受けの表札に似ていた。

＊

埋葬を執りおこなうことになった火曜日は一転して好天に恵まれた。

大勢の会葬者がいたが、多くはサングラスをかけていて、誰が誰だかほとんどわからなかった。父のクローゼットから借りてきた黒いウール地の上着の下で、僕は汗だくになっていた。

教会では、香部屋係と呼ぶらしいが、司祭をさりげなくサポートする係がいて、その人がＢＧＭのカセットをかけてくれていた。流れているのはジャンゴ・ラインハルト[7]とフランス・ホット・クラブ五重奏団の演奏による『雲《ヌアージュ》』。僕がレコードアルバムからダビングしておいたものだ。祭壇の両脇に据えられたタワー型のスピーカーから、ジプシージャズの調べに混じってプツプツとノイズが聞こえた。

やがて埋葬の段となった。二つの棺を墓穴に降ろす際、僕は葬儀業者に頼んで母の棺を右側にしてもらった。いつも母はベッドで父の右側に寝ていたからだった。棺にかけようと思って、僕は土をつかんだ。だが、手がつかんでいたのは細かい砂利だけだった。湿っていた地面が強い日差しにさらされて、一気に乾いてしまっていたのだ。

墓地を出ると、僕は友人たちから離れてひとりになった。友人たちは一服したり、話をしたり、時には笑みも浮かべていた。僕は芝生の上に腰を下ろし、付近のものを観察した。第一次世界大戦戦没者の慰霊碑があった。分譲地もある。青空をバックにくっきりと給水塔がそびえ立っている。果樹園がいくつもあって、リンゴ、モモ、洋ナシ、サクランボの木が植わっている。こうして僕は、両親を埋葬した場所がどんなところなのかを初めて知った。僕の目にはそこがとても平和な場所に映った。そう、平和な場所でなくてはならないと思った。

＊

事故で両親をなくしてから、実にさまざまな出来事を経験した。

そういえば、地元リヨンの〈プログレ〉紙の記者が家の周辺をうろついていたことがあった。僕はそれを二階の窓から見ていた。パリから取材に来た〈リベラシオン〉紙の記者とカフェで会ったこともある。いずれにしても、追求すればするほど、事故の真相は文字どおり探偵小説のように謎めいた展開を見せていった。根拠のない噂も飛び交った。中には、火災発生当時、セルビア空爆用の兵器の輸送車両がトンネルを走行していたという噂まであった。その軍用車両の積荷がいわゆるフラッシュオーバーを引き起こし、爆発的に炎が燃え広がったらしい、などとまことしやかにささやかれていたものだった。

事故発生後には、すぐに閣僚一名（運輸大臣）と首相が現地入りしている。国の責任が問われていたのだ。トンネルを管理・運営するＡＴＭＢ社の総裁は、これまでずっと共和国大統領によって任命されてきた（三代目のエドゥアール・Ｂ氏などは十二年も総裁の椅子に居座っていて、退任後は閣僚入りしている）。そのためにいつまでたっても責任の所在は曖昧にされつづけた。直接的か間接的かを問わず、事故に関わりがあるとされる人物の名が、毎日新たに挙がる。日を追うごとに関係者の数は増えていき、そのさまは、どんどん枝が分岐して拡大してゆく奇怪な樹形図を思わせた。樹形図の分枝は過去に遡り、フランス国内の道路をめぐり、やがて国を越えヨーロッパへと伸びていった。それというのも、トンネルはフランス側とイタリア側で管理が別になっていたからだ。両者のあいだでは十分なコミュニケーションがとられておらず、相互理解が図られていなかった。どちらも自分たちの都合のいいようにことを進めようとしていた。

＊

すぐさま〈重過失致死〉の容疑で関係各所に捜査のメスが入った。刑事事件として予審[8]に付されることになったのだ。僕たち遺族のところには、一、二度、中央省庁の補佐官——よくわからないが、今回のような大規模事故があったときに対応するリスクマネジメントのプロらしい――から電話が入った。甘く希望をもたせるような声の主だった。さらには、保険会社からの接触もあった。彼らはやんわり圧力をかけてきて、僕たちに免責の同意書にサインをさせようとした。そして、そのついでにフランスでは保険金の相場はどれくらいとか、性別、年齢、健康状態、地理的条件によって命の値段は違うという話までした。

僕たちはあらためて民事訴訟を起こして損害賠償を請求することになった。たまたま当たってみた弁護士が、訴訟代理人を引き受けてくれた。その弁護士は白髪混じりで背が高く、弁護士会の会長を務めていたこともあるという。そつがない人で、サスペンダーの愛用者だった。僕たちは裁判に至るまでの流れについてレクチャーを受けた。今回のような重大事故の場合、訴訟の準備手続きに時間がかかるのが常らしい。弁護士は〈エールアンテール一四八便墜落事故〉や〈感染血液事件〉など[9]、過去の事例を挙げて説明した。

「ええ、そうです。ほんとうに時間がかかります。おそらく何年も」

何年先になるかわからない公判に向けて、僕たちも覚悟しておく必要があった。

弁護士は目を細め、狙った獲物は逃すまいとでもいうようにぐっと拳を握りしめた。

「いずれその時が来たら、有利な判決を勝ちとりますよ」

そう言うと、指でパチンとサスペンダーを弾いた。

さしあたっては家にもどり、成り行きを見守っていくしかなかった。

＊

何週間か、僕は新聞記事や〈ＡＦＰ通信〉のフラッシュやラジオの速報に注意していた。けれども、新しい情報はひとつももたらされなかった。別のルートを通じて僕が入手していた情報もまったく報道されなかった。それでも、この未曾有の事故の表面的な事実に関する報道は続いていた。それは、まだ世間が事故に関心を寄せている証のように思われた。そのことは僕にとって大きな意味をもっていた。僕は同じ時期にいろいろと話題になったこと、皆既日食、オーストリアの大規模車両火災、二〇〇〇年問題、豪雨による洪水、ヨーロッパを襲ったサイクロンなどのニュースにも目を向けながら、事故に関する記事があるとそれを舐めまわすように読んだ。

＊

訳知り顔の人から何度も諦めるように言われると、僕はなおのこと諦めたくなくなった。人と話をしていると、すぐにこの〝諦める〟というフレーズが飛びだしてくる。その第一号は保険会社の調査員の女性の口から発せられた。別の日には、司法警察の警視がこの言葉でたたみかけてきた。毎週のようにどこかで必ずそれを耳にした。耳にタコができるほど聞かされるうちに、僕たち家族はだんだんと「諦めは心の養生」と冗談まじりに言うようになった。ためしに〈ラルース〉の辞書で〝諦める〟の意味を調べてみると、《何かを断つことをしかたないと思って受け入れる》と、とどめを刺すような定義が載っていた。

実際、事故についてマスコミが大きくとりあげていたのは最初のうちだけで、紙面を占める記事の量は徐々に減っていき、やがて報道されることはなくなった。夕立のあと路面にできた水たまりが跡形もなく消え失せるようだった。モンブラントンネルは長いあいだ閉鎖され、輸送トラックは迂回ルートを走った。犠牲者の埋葬も終わっていた。

通常の生活がもどろうとしていた。

2

やはり、あのような出来事を経験したからだろうか。人は特殊な状況に置かれると、実際にはなんの関係のないもの同士に相関関係を見出して解釈したくなるようだ。そして、完成形のわからないパズルのピースを、絶えず頭の中で組み合わせようとする。やがて過去の幻影が立ち現れる。人はそれを、強いフラッシュの光に目がくらんだような状態で見ているのだ。

一九九九年三月二四日午前一一時、モンブラントンネルで火災が発生したとき、世界では何が起きていたのか？　そのとき、僕はどこにいたのか？　家族のみんなはどこにいたのか？　意外にも、次々と当時の記憶がよみがえってきた。

たとえば、その時刻、ＮＡＴＯ軍がミロシェヴィッチ政権下のセルビアに対する夜間爆撃に向けて、爆弾やミサイルをスタンバイさせていたことは周知の事実だ。

同じ頃、僕はパリ九区のレコードショップでクラフトワーク[10]のレコード盤を五十フランで購入していた。レコードのタイトルは『ＡＵＴＯＢＡＨＮ《アウトバーン》』だ。

＊

クラフトワークはこの三十三回転のアルバムを一九七四年にフィリップス・レコードからリリースしている。僕が手に入れたアルバムには〈輸入盤〉と書かれた古びたステッカーが貼ってある。

ジャケットのデザインはイラストに写真をコラージュしたもので、とてもおおらかな作風だ。ゆるやかなカーブを描く高速道路をフロントガラス越しに見た構図で、手前を二台の車が走っている。左側が〈メルセデスベンツ六〇〇〉で、もう一台は〈フォルクスワーゲン〉だ。遠景には青々とした丘が連なり、その向こうに沈みかけている太陽（見ようによっては朝日ともとれる）が強烈な光線を放つ。高圧線の鉄塔や、遠くの空にはうっすらと飛行機も見え、それらのモチーフが絵に近代的な味わいをもたせている。バックミラーに映っているのは後部座席に座るメンバー四人の顔だ。自動運転の車に乗ったメンバーたちはくつろいでいて幸せそうである。四人のうち三人は長髪で、伸び放題の髪が肩にかかっている。

そして、青空をバックに白抜きで〝AUTOBAHN〟とタイトルが入り、それがこれ以上ないくらいしっくりと画《え》になじんでいる。

このタイトルからは無機質で楽しい雰囲気が伝わってきて、それは彼らが奏でる電子音楽から感じる心地よさにも通じる。機械的で規則的なサウンドの繰り返しのように聞こえるが、シンセサイザーで合成したクラクション音が加わって、淡々と高速道路を走る感覚が表現されている。

高速道路《アウトバーン》というのは一風変わったタイトルだが、たぶんそのタイトルがおもしろくて、あの日、このアルバムを買ったのではなかったか？　そのときのことがまざまざと思い出される。レコードの陳列台に日が当たっていて、そこでこのアルバムが僕のことを待っていた。店内の様子も憶えている。ココヤシを使った床、店員の笑顔。そして、カウンターで小切手にさらさらっとサインをしている自分の姿までが目に浮かんだ。

＊

この日、僕が買ったレコードはクラフトワークだけではない。実は別にもう一枚レコードを買っている。ジャズ・トランペッターのドン・エリス[11]のアルバムで、タイトルはずばり『ＥＳＳＥＮＣＥ《エッセンス》』[12]だ。

ずいぶんと皮肉な話じゃないか。あとから僕は何度もそう思った。両親が高速道路でトラックが炎上する事故に巻きこまれ、死にかけているときに、僕は〝高速道路〟と〝ガソリン〟というタイトルのアルバムを買っていたわけだ。

いや、深刻に考えるのはよそう。もちろん僕は、ドン・エリスがこのアルバムに〝ガソリン〟のイメージを重ねあわせていたなどとは思っていない。Essenceという語にはほかに〝本質〟〝真髄〟といった重要な意味がある。それこそがアルバムでエリスが体現しているコンセプトだと思う。

3

両親がこの世を去って十年以上になる。

僕はふたりのことばかり考えている。街を歩いていても、ベッドに寝そべっているときも。どんな状況にあっても、頭の中には両親がいる。立っていても、座っていても、ひとりでいても、自転車をこいでいても、電車に乗っていても、友達と一緒でも、レストランで食事をしているときも、図書館で本を読んでいるときも、セックスの最中も。もう考えることがなくなっても、頭の中から両親が離れることはないだろう。昨日もそうだった。

僕はそのとき、ジュネーヴに向かう高速道路を猛スピードで飛ばしている〈ボルボ〉のトラックを追い抜こうとしていた。開けた窓からディーゼル車特有の匂いに混じって、それとは対照的な香水の香りがふわりと舞い、さらにアスファルトや肥料の臭気と草いきれを乗せた風が吹きこんできた。なんともいえぬ匂いにめまいがして、僕はアクセルを踏みこんだ。トラックの音が風の中で渦を巻きながら遠ざかっていった。むこうに引き離されたのだろうか。いや、こちらが抜いたような気もする。

子どもの頃、高速道路を走る大型トラック――ヨーロッパ諸国のナンバーをつけた幌つきのトレーラーで、シャーシをガチャガチャギシギシいわせ、大きな荷台を上下に激しく振動させていた――を見かけるたびにドキドキし、同時に言い知れぬ恐怖を覚えたものだった。運次第ではその荷台に積まれているものが人の命を奪うこともあるわけで、といっても、もちろん当時の僕にそんなことは想像もできなかった。

両親の命日はしっかりと記憶に刻まれているが、十年も経つと時間の感覚がおかしくなってくることは否めない。羊が跳びはねていくように一日一日が過ぎていく。過ぎ去った日々はひとつに重なり、時間から空間へと変わる。そうしてできた過去との距離が、今日、僕を慰めているのか、苦しめているのか、よくわからない。あの事故はおのずと遠のき、きらめく情報のるつぼの中にだんだんとうずもれていく。玉石混淆の情報の堆積を前にして僕はうろたえ、ただ呆然と立ち尽くすのみだ。

事故についてはもうなんと言っていいか、どう考えていいかわからない。僕の記憶はゴムのようにゆがみやすい。それは、そのときの心の状態によっても変わる。そのときどきの状況、顔、名前、日付、すべてが混然として鍋の中のごった煮状態だ。大惨事――このいいかたも大袈裟でちょっと安易だ――の記憶はやがて薄れ、絵の中のなんでもない影となり、いつの時代のものともわからぬ地図に刺さったピンとなる。そう、それはすっかり現実味が失われ虚ろとなった地名が載っている地図、そういった長い時間が経過してからまれに思い出されることがある地図の一枚なのだ。

4

実際、モンブランはどこでも僕についてきた。この山にいつまでも遺恨を抱いていたくはないが、あの日以来、モンブランは僕の人生に関わるようになった。ポケットに入れて、背中にかついで、心に思って、僕はモンブランを連れていく。そう、実をいうと、ものを見るにしても、何かを解釈するにしても、僕はモンブランの影響を受けていた。どんなときでもモンブランはフィルターとなって、僕が見ている景色の色彩をこっそりと補正し、コントラストを強くした。モンブランはたびたび、何かを見ていたり、誰かと話していたり、なんでもないような場面で不意に顔を出す（今朝などは、パリの地下鉄で《厳しくも美しい自然――シャモニー＝モンブラン渓谷》という観光ポスターが目についた）。僕の中では間違いなくモンブランを中心に地図が形成されている。モンブランを軸として世界が広がっているのだ。こうしてすぐにモンブランと結びつけて考えてしまう思考回路を自分でも打破したいと思っているのだが、おいそれとはいかないだろう。だから、ひとまず僕はモンブランを受け容れることにした。いつの日かその呪縛から逃れてみせると内心ひそかに念じながら。

5

僕はよくメモをとる。ふと思いついたタイトルや、ちょっとしたアイディア、妄想したこと、小説の下書きなどを、安物の小さな手帳にどんどん書き留めている。それなのに、メモした手帳をすぐにどこかに置き忘れる。そして、あとから手帳がひょっこり出てきたときに読み返してみると、そこに書いてあることに、われながら驚き呆れてしまう。そんなときは、ただもう笑うしかない。細胞に比べたら、人の感情など、あっという間に衰えていくものだ。

たまに、手帳の中にまともな文章を見つけることもある。けれども、たいていは気持ちのおもむくまま、無秩序に書きなぐっている。自分でも文章の作法がわかっていないのだと思う。それで、僕みたいな人間がほかにもいるのではないかと、つい他人の作品のあら探しをしてしまう。

だが、かえってむなしくなるだけだった。

けっきょく、隣の芝生は青く見えるもので、どの文章も美しく、真実味があり、一貫して筋が通っているように思えてくるのだ。

いつの時代にも、独自の視点をもちつつ、現実の相反する二面性をとらえた作品や、多義的な解釈を許す作品を産みだして共感を呼ぶ作家やアーティストたちの存在がある。今の僕には、そういった人々の作品に触れて、自分を見つめ直す必要があるのかもしれない。

6

僕の部屋の窓の両側には大きな煙突が二本あって、いつも僕は窓からそれを眺めている。窓というのは正確には跳ね上げ式の天窓のことで、そこからは屋根の上が見渡せる。僕はよくその窓枠に肘を乗せて一服する。室内ではもうタバコを吸わないことにしたからだ。子どもに配慮してということもあるが、公共施設内での喫煙が禁止になってからというもの、どうも家の中でも吸いづらくなってしまったのだ。毎回僕は小さな脚立に乗っかり、屋根の上に頭を突きだしてタバコをふかす。屋根瓦は煙草の灰や吸い殻にまみれている。二本の煙突はこちらの気持ちを汲んでくれているかのように、そろって煙を吐きだしている。

毎日見るうちに、僕は煙突の煉瓦が織りなす入り組んだ模様をひたすら観察するようになっていた。煉瓦はどれも同じ向きに積まれているわけではない。煙突の平らな面では煉瓦を寝かせ、角の部分では煉瓦を立てて組んである。どうしてこんな積みかたにしたのか、僕はずっと引っかかっていた。煙突を施工した職人の単なる気まぐれか。積みかたに工夫を凝らして装飾を施したのか。いや、そうではなく、むしろ構造の強度を考慮してこのような積みかたにしたのではないだろうか。まさに煉瓦（brique）を上に（im）に重ねて入り組んだ（imbriqué）形にしたわけである。

僕はそれで納得した。配置の向きを交互に変えることで全体の強化を図るという考えかたは、どんな建築にも通じる、たぶん世界中で適用される工法なのだろう。

7

両親が亡くなったあとの数か月は、現実的な問題がいくつもふりかかってきて、それをさばいていかなければならなかった。たとえば、設備業を営んでいた父の作業所の片づけもそのひとつだった。作業所には大量の金属片やら工作機具——ドリルプレス、メタルカッティングサーキュラーソー、スクリュープレス、溶接機やらがあって、それらを撤去する必要があった。

さいわい人の手を借りることができ、中にあったものはすっかり運びだされ、作業所はからっぽになった。

住まいのほうはまだ新築の戸建て住宅で、家財を運びこんだばかりの状態だった。両親がその家で暮らしたのはほんのわずかな時間でしかない。どの部屋も新しいペンキとパテの匂いがしていた。だが、人が住まなければ家はすぐ傷むというし、もちろん両親の家もその例外ではない。窓を開けて風を入れ、家に呼吸をさせる、つまり、使わない筋肉を動かしたり血行をよくしたりするのと同じで、家の手入れも怠るわけにはいかないのだ。

だが、いざ両親の家に行くと、具体的に何をすればいいのかさっぱりわからなかった。リビングの中をただうろうろするだけの日もあった。コーヒーすら淹れようとしなかった。でもコーヒーを淹れる必要性は感じていた。パーコレーター（濾過式コーヒー沸かし器）は使っていないと、いずれ水道水の石灰がこびりついたまま、使いものにならなくなってしまうからだ。僕はとりあえず引き出しを開けてみたり、家具やスプーンや陶製の置物をなでたりした。本を手に取ることもあった。マルチェロ・マストロヤンニ[13]の自伝も見つけたが、序文だけ読んでやめておいた。ある日のこと、僕は寝室に行ってみた。そして、ベッドに寝そべりながら両親の服に顔をうずめた。ふたりの匂いを胸いっぱい吸いこんでいると、ふいに誰かの視線を感じた。僕はぎょっとして跳ね起きた。もしかして、部屋の隅か寝具の下か、そのへんに亡霊がいるのかもしれない。だとすれば、誰にも知られたくない心の内を覗かれてしまったのではないだろうか。僕は寝室を出て二階に上がり、防音マットを敷いた床の上に腰を下ろした。そのマットは、父と僕とで部屋全体とそれに続く階段に敷きつめたものだった。いつだったかの日曜日、作業中に父がカッターで指を切り、血が噴き出したことがある。僕は、そのときのカッターの刃が落ちていないか探してみた。

屋外はというと、カオスと化していて、もうお手あげ状態だった。よくも悪くも、草が凄まじい勢いで成長していた。分譲地一帯でその一画だけが雑然として離れ小島のようになっていた。植物の群れは僕の背よりも高く生い茂り、うねっては巻きつき、絡みあっていた。

このまま放っておくわけにはいかなかった。

僕はブラッシュカッターを借りてくると、その日の午後いっぱいを費やして、雑草を刈り払い、木を切り、熊手で掻きならして、小さな家を取り巻く八百平方メートルの土地と格闘した。作業中の騒々しい音に辟易して近所の人が迷惑そうに見ているのがわかった。だが、それよりもやりきれなかったのは、その視線の中にお気の毒にとでもいいたげな同情めいたものが感じられたことだった。左隣の家には消防士の一家、右隣は憲兵の一家が住んでいる。どちらの家の敷地も芝を刈ったばかりでこざっぱりとしていた。いかにも満ち足りていて、髭を剃ったばかりのようなすがすがしい印象がある。それにひきかえ、こちらの敷地ときたら、もう戦の跡としかいいようがなかった。地面には熊手やブラッシュカッターの生々しい傷跡が残り、大量に刈り取った草の山があちこちにできて場所をふさいでいた。

排水枡のそばに小さなセイヨウハシバミの木が生えていた。根が圧迫されて苦しそうだったので、別の場所に移してやることにした。僕は汗と草にまみれた体を植え替えた木の根もとに横たえた。心臓がドキンドキンと波打っていた。

8

提訴に向けての調査は一寸刻みに進んでいた。

僕たちはときどき代理人弁護士の事務所に足を運んだ。先生は毎回とても愛想よく、ざっくばらんに進捗状況を知らせてくれていた。

面談は金曜の夕方と決まっていたが、たまに土曜の午前中のこともあった。僕たちは親族で交代しながら話を聞きに出かけた。とはいえ、腹の中ではいつも、どうせ前回からほとんど進展していないだろうから今回も形だけ整えて終わりだろう、と思っていた。そのせいで面談の場はいつも緩慢な感じ、スローモーションの世界にいるような印象があった。

先生の事務所は同業者の事務所と隣りあっていた。事務所が入っているビル全体が法律事務所向けのしつらえになっているらしかった。裁判所にも近く、事務所を構えるにはうってつけなのだろう。けれども、ビルの中でほかの来訪者とすれ違うことはめったになく、訪れるたびに幽霊船に乗っているような気がした。もう何年も通っているのに僕は事務所が何階だったかをすぐ忘れ、エレベーターではたいてい降りる階を間違えた。エレベーターを降りると、そのまま窓辺に寄って外を眺めるのが僕のならわしになっていた。窓の下には中庭が広がっていて、セメントのプランターや常緑の針葉樹が配置されている。小さな迷路のようなその緑化スペースを、僕は毎回飽きもせずに観察した。

それからようやく事務所に向かうのだが、ドアの前に立つと、いつもベルを鳴らすのがためらわれた。

中ではどんなに待たされようが、じっと待っているしかなかった。

事務所の壁には大型の絵が何点も飾られていた。ほとんどが暗い色調の絵の具を惜しみなく使った厚塗りの単彩画ばかりで、それらに挟まれるようにして、水彩画も二枚ほど掛かっていた。どちらも堂々たる風景画で、ベルクール広場からとポン・ヌフから[14]のそれぞれの眺めがラフな紙に生き生きとした色づかいで描かれている。

待っているあいだ、僕はそれらの絵画を眺めたり、オークション情報誌の〈ガゼット・ドルーオー〉を読んだりして暇をつぶした。〈ガゼット・ドルーオー〉は、いつも最新号がローテーブルに置かれていた。いわゆる弁護士たちが美しく価値あるもの——固形物、液体、取り替え式、どんな形態のものであっても——を愛する人種であることはいうまでもない。歯科医や公証人も同じ嗜好をもっている。

ときには通路の奥に事務所の所属弁護士やスカートの短すぎる秘書、あるいは先生本人の姿を見かけることがあった。先生はこちらに気づくと、分厚いファイルを抱えたまま空いているほうの手を上げて、すぐに行くと合図をするのだった。

こちらの依頼案件が先生の専門外であることは疑いようもなかった。前途遼遠の思いにとらわれながら、僕たちは大海を渡ろうとしていた。その海ではごくまれに証拠につながるようなめぼしい事実が切れ切れに見つかるのだ。

もう腹をくくるしかなかった。

＊

そんなある日、突然、事態が急変した。関係者への聴聞、反論の余地のない鑑定報告書、行政への申請と進めていく中で、新たな問題が発覚したのだ。そのせいで、僕たちは準備手続きの段階で足止めを食らい、しばらくのあいだ、訴訟へと駒を進めることができなくなってしまった。

これまでの長きにわたる調査の過程においても、裁判の妨げとなるようなアクシデントがいくつか起きていて、それらの件については面談の席でもきまって話題に上った。そのひとつが〝ビデオテープの怪〟だ。火災発生時、トンネル内の監視カメラがその様子を撮影していて、その録画映像は重要な証拠物件となるはずだった。ところが、どんなトリックが使われたのか、調査の初期の段階で、問題の映像を収めたビデオテープが忽然と消えてしまったのだ。その後ビデオテープがどうなったのか、僕たちは知ることができずにいる。

いずれにしても、先生は平然と構えて事態を受けとめていた。先生はワイシャツ姿でゆったりと肘掛椅子にかけていた。そして、髪を撫でつけると、いかにも海千山千といった感じでチクリといやみを言ってから、唇をプルルッと鳴らし、その手に乗るかとばかりにニヤリと笑った。そして、会話の合間を見ては得意げに幅広のサスペンダーをパチンと弾くのだった。

僕たちは、面談には広すぎる会議用のテーブルで距離を置いて向きあっていた。目の前に置かれたペン立てにはきれいに削り揃えられた赤鉛筆がたくさん入っていた。僕はそこから一本抜き取り、なんとなくメモをとってみたり、紙ファイルの内側のポケットに丸や四角を描いたりした。この赤鉛筆は僕のお気に入りだった。書き心地がなめらかで申し分ないのだ。鉛筆のボディには白い字で〈リヨン弁護士会〉の名称と、二人の男女を図案化したロゴマークが入っている。

ジャン=マリ——それが先生のファーストネームだった——は、こちらの健康や精神状態を気遣い、子どもたちの最近の様子を尋ねた。それでそろそろ面談が終わることがわかった。時計を見ると、すっかり遅い時刻になっていた。

戸口まで来ると、ジャン=マリは右手を差しだし、左手で僕たちの肩をさすった。そして、温かい声でやさしく「それでは、みなさん、またお目にかかりましょう」と言った。

エレベーターに乗ると、僕は頂戴してきた赤鉛筆を取りだした。そして、ちょっと感触を確かめてからズボンの尻ポケットに刺した。

9

両親の家に買い手がついたと聞いたとき、僕たちはいきなり頬を打たれたような気がした。そして、すぐにも家の中を空にしないといけない、とはっきり気づかされた。あまり猶予はなかった。新しい所有者が今か今かと待っているのだ。僕たちは週末までの予定で借りてきた〈ルノー・マスター〉を家の前にとめると、考えている余裕もなく家具や古くて使い道のないものを次々と適当に積んでいった。棚の類は分解するか、そのまま捨てることにした。同じく、冷蔵庫や使えそうもない作業台、ガーデンチェア数脚も廃棄処分にした。芝刈り機も処分したような気がするがさだかでない。僕たちは尻に火がついたような勢いで作業を急いだ。突然、時間が速く回りはじめた。

これは処分しちゃっていいかな？

いいんじゃない？

状況が状況だから、捨てるか残すかはそれこそもう即断即決するしかない（即興みたいなものだ。誰だったかジャズミュージシャンが言っていた。「その場で瞬時に音を選びとっていく。それが即興演奏さ」）。


不要となったものは、車で何度も往復して近隣のゴミ集積所に運んだ。そこは廃棄物の分別に関してかなり先進的な施設だった。集積所の入口や回収用のコンテナのそばでは数人の男が――一瞬、亡霊かと思った――じっと待ちかまえていた。彼らのお目当ては持ちこまれてくる廃品で、運がよければ、お払い箱になったビデオデッキやくたびれたソファーの中から掘り出し物が見つかるということらしい。

天候が目まぐるしく変わり、僕たちは何度か作業を中断せざるを得なかった。ザーッと雨が降ってきたかと思えば、いきなり雲の切れ間からからかうように太陽が照りつけてくる。暑いやら寒いやらで調子が狂った。

持ってきた家財道具がコンテナに放りこまれ、みるみる不要品の山ができていく。僕はコンテナ脇のデッキに立ち、それらが落ちて鈍い音をたてるのを見ているうちに、ほとんど楽しくなってきた。なんとなく楽しくて、後ろめたさに心が痛んだ。

けれども、心を痛めたところで何かが変わるわけでもない。

だから、全部捨てた。両親の名前が入った丈夫な紙製の文書保存箱も投げこんだ。落とされても箱はつぶれなかった。何にもまして律儀な箱たちだから、最後まで中身を大事に守りぬこうとしているのだろう。中には経理を任されていた母が作成した書類が入っている。見積書、請求書、書簡。それぞれが細かく丁寧に、しかもオニオンスキン紙とカーボン紙の三枚複写で作成されている。母がタイプライターの前で過ごした膨大な時間、キーをたたき、修正し、書類を分類していたその時間を僕は想像してみた。そして、両親との電話のやりとりや果てしなく父と闘わせた議論を思い出していた。そうだ、両親にとって箱の中の黄ばんだ書類はどれも大切なものだった。落ち葉が激しく舞いあがり、木枯らしが吹きすさぶ。コンテナには不要品の数々が積まれていく。同じことが繰り返され、そうして時間は流れていく。

さようなら、きみたち。僕は箱に別れを告げた。

集積場を出るとき、僕はコンテナのほうを向きながら心に誓った。自分のときはあとにものを残すまい。

残すとしてもほんの少しだけにしておこう。

10

ずいぶん前に書きとめておいた芸術家のロベール・フィリウ[15]の言葉。《何も決めず、何も選ばず、何も望まず、何も持たない。迷いがなく心は澄みきっている》この言葉の意味するものがずっと気にかかっている。

11

きっと僕はまだ迷いから覚めていないのだろう。何も望まず、何も決めないというのは僕にはとても無理な話だ。なんらかの意味や余韻を湛えたものが時としてとても気になることがある。

たとえば、今、手もとにある〈パリ・マッチ〉誌——ビニール袋に入っていてテープでとじてある——にしてもそうだ。号数は八四九号、一九六五年七月一七日、僕が生まれる何日か前に発行されたものだ。

僕はこれを古本市で手に入れた。屋台にはほかにもオードリー・ヘップバーンやフラソワーズ・アルディ、モナコのグレース王妃、ポンピドー大統領、スティーヴ・マックイーン[16]らが魅力的に表紙を飾るバックナンバーが数多く並んでいたが、その中で僕が手にしたのがこの比較的地味な八四九号なのだ。

その日は四月の土曜日で、暖かな朝だった。店を出していたのは背の高い痩せた六十がらみの婦人だった。すっきりと短くカットされたブロンド。年配の女性に好まれそうな手のかからない髪型である。一九六五年だったら、この婦人はせいぜい十八歳かそこらだったのではないだろうか。なぜこんなに多くのバックナンバーが揃っているのか尋ねると、婦人は答えた。「そうねえ、〈パリ・マッチ〉に憧れて、主人も私もずっと愛読してきたんですよ。私たちにとっては特別な雑誌でね。それに、ほら、写真が大きくてきれいでしょう？　なにせあの頃から別格の雑誌でしたから。でしょう？」

僕が八四九号を買おうとすると、やはり婦人は少し驚いたような顔をした。

「こちらでいいんですね？」

そう念を押しつつも、婦人は如才なく言葉を添えた。「そうそう、これね、覚えていますよ！　モンブランのドラマチックな歴史を取りあげていたわね」

風が出てきたし、僕には時間がなかった。それに、実際にモンブランでどんなにドラマチックなことが起きたのか、話す気もなかった。僕が差し出した十ユーロ札はとうに婦人のポケットに納まっていた。それで僕は婦人に「どうも」と言って、その場をあとにしたのだった。

＊

八四九号の表紙には、オレンジ色の文字で《モンブラントンネル叙事詩》とタイトルが打たれていた。さらに、その下に小さめの字で《イタリアからフランスへ　小誌記者が見たトンネルの内部》とある。

たしかに表紙の写真には、記者たちを乗せた白い〈シムカ〉が、完成したトンネル内を意気揚揚と走行する様子が写っている。撮影場所は、ちょうどトンネルの中間地点、トンネルを両側から掘り進めてドッキングさせた場所だ。象徴的な場所であることを印象づけるように、車道の両脇にはそれぞれフランスとイタリアの国旗が立っている。手前では青信号が点灯中だ。グリーンというよりはブルーに近い色だろうか。希望に満ちた明日に向けてゴーサインを出しているかのようだ。写真の下には簡単な注釈が添えられている。

《着工から六年、今週開通式が行われる世界最長クラスの道路トンネル（全長一一・六キロメートル）。照明灯六〇〇〇基、敷設ケーブル総長二三五キロメートル、監視カメラ五〇台》

＊

表紙をめくると、まず目に飛びこんでくるのが〈ジレット〉のシェービングクリームの広告だ。巻末にはボスクやサンペの漫画[17]が登場する。写真中心の誌面が報じるのは、スペインのマルベーリャ闘牛場でマタドールの〝エル・コルドベス〟[18]がとどめを刺さずに牛の命を助けてやったエピソードや、ポロプレイヤーにしてプレイボーイの〝ルビ〟ことポルフィリオ・ルビロサ[19]が、ブローニュの森でマロニエの木にフェラーリを激突させて死亡したニュースなど。また、一二ページの論説では《共同市場は破綻してしまうのか?》という見出しを掲げ、共同体の内部分裂を示唆する〈プラウダ〉紙の記事を引いて欧州経済共同体の行方を案じている。また、ベトナムの戦況を伝える写真があるいっぽうで、多数の恐竜の化石が出土するコロラド州で子どもたちとラフティングに興じるボビー・ケネディ上院議員[20]の様子も紹介されている。さしもの議員も休暇中は、ベトナムで十秒に一人、自国の兵士が死んでいく状況についてあまり考えないようにしていたようだ。かと思えば、パリではオランピア劇場のステージで歌うイラナ(イスラエル人の歌姫[21])が《銃を構えているときよりもマイクの前のほうが緊張する》と、臆面もなく言い放っている。ちなみに歌姫の前職は士官だということだ。

ざっとさらうと、そんな感じである。

＊

だが、この号の目玉といえば、やはり開通式を間近に控えたモンブラントンネルを扱った特集記事だ。

特集は十八ページにわたって組まれていた。ドリルジャンボという遠隔操作の可能な削岩機、坑内が貫通したときの模様、八・六メートルの幅の車道や五基の換気用タービン（《道路トンネルにとって重要な課題となるのが換気設備である》）。

さらに、記事では、この《二百年前からの夢を実現させる》という大事業の陰に、尊い二十一名の作業員たちの犠牲があったことについても触れている。

二百年前からということは、つまり、モンブランの下にトンネルを通す構想は二世紀もの昔からあったのだ。一七八七年、ベネディクト・ド・ソシュール[22]が予言をしている。《いずれモンブランをくり抜いて、荷馬車が行き来する道がつくられるだろう》

ソシュールのこの言葉は戯れ言ではない。アオスタとシャモニーは、もとは同じサヴォア公国の町だった。だから、その当時から地域に住む人々は、二つの町のあいだを自由に行き来できるようになることを強く望んでいたのだ。

万年雪と氷壁、長く恐れられてきた白い巨人。ヒマラヤを征服し、まさに月まで行こうとする時代になって、ヨーロッパの人々が総力を結集し、ついにトンネルの完成を見た。この一大叙事詩に花を添えるのが、ヴィクトル・ユゴーやバイロン卿[23]の詩句である。《モンブランは山々の君主である》

おおむね〈パリ・マッチ〉誌は好意的な記事を書いていた。トンネルを進歩と制覇の象徴としてとらえているようだ。たしかにトンネルの開通によって時間は短縮され、大きな経済効果がもたらされることになる。山の向こう側に行くのに要する時間はわずか十分、人生の長さから見ればほんの一瞬というところだ。

12

リヨン司法警察から連絡があった。両親の〝遺留品〟を預かっているので、〈刑事局〉のS警部補のところまで受け取りに来るようにとのことだった。僕たちは八区の端にある警察署に出向いた。

遺留品があったという知らせに僕たちは興奮した。なにしろ何か月ものあいだ、何も残っていなかったと思わされてきたからだ。車、人、衣類、身につけていたもの、すべてが焼き尽くされた。それが公式の見解だった。どこへ行っても誰からも同じことを幾度となく聞かされた。それでけっきょく僕たちは諦めた。ゆっくりと現実を受け入れていったのだ。ところが、今になって両親の痕跡をとどめた〝何か〟があるのだという。それによってあとで僕たちは両親の最期について想像しなおすことになった。

遺留品はビニール袋に入れられていた。なぜ返却にそこまで時間がかかったのか、なぜあるものをないと言っていたのか、警察からはなんの説明もなかった。この品々はいったいどんな過程をたどって、今ここにあるのだろうか。

「そういろいろ聞かれましてもね、こちらではお答えできないんです」と警部補はにべもなかった。「担当が違いますので。まあ、こうして残っているものがあるわけですから、よかったではないですか。ご遺族の中には遺灰だけというかたもおられますからね」

警部補はほとんど怒鳴るような調子でそう言った。

帰宅すると、僕たちはキッチンのテーブルの上にビニール袋の中身を空けた。泥棒してきたような、いけないことをしているような気分だった。袋に入っていたのはアクセサリー類で、ロケットが二つ、結婚指輪が二つ、ベルト部分が溶けて時計盤だけになった父の〈スウォッチ〉の二十四時間時計があった。時計の針は一六時二〇分を指していた。でも、それは何月何日の一六時二〇分なのだろうか？

アクセサリーはきれいに拭かれ、新品のような輝きを放っていたが、ところどころ窪んだ部分に煤が黒くこびりついていた。なんとなく僕は片方の結婚指輪を指にはめてみた。指輪は少しゆるかった。

もうひとつ、ビニール袋の中には黄色い封筒が残っていた。取りだして中をあらためると、百フラン札と二百フラン札の薄い束が入っていた。この紙幣たちはどうして火災時の千度を超す高温の中をもちこたえることができたのだろうか。とにかく紙幣はほぼ無疵の状態だった。酸素の量が不足すると紙は燃えにくいから、おそらく紙幣はポケットの中で密閉状態になっていたのではないかと思う。遺留品全体からは焦げたようなきつい匂いがした。えがらっぽくて有機物のようでありながら化学物質のようでもある、嗅ぎ慣れない匂いだった。

アクセサリーや腕時計や紙幣を手にしながら、僕たちは触れることの許されない聖遺物に接しているような気がした。それらは両親の体の痕跡までしみつくほど両親にぴたりと寄りそって、ともに最期を迎えたものたちなのだ。

それらの中でも僕はとりわけ紙幣が気になった。というのも、その匂いの中に何かほかとは違う、訴えかけてくるものがあるように感じられたのだ。しかもその何かは執拗にアピールを続けていた。紙幣の表面は釉薬のようなもので覆われていて、その物質が紙幣をトレーシングペーパーのように透き通らせていた。それはオイルやレジンに近い油性の物質で、何かの合成物質に違いなかった。その合成物質は——僕はだんだん頭が冴えてきていた——、火災による発散物と、軽油やタイヤ、プラスチックや合成製品、トラックが運んでいたマーガリンあるいはバターなどが一緒くたに燃焼して生成された物質からできているのではないかと思われた。

さらに考え進めるうちに、この物質は父か母の体から生成されたものがゆっくりと変化していく過程で、肌に密着していた紙幣に浸透したものではないかという気がしてきた。

きっとそうだ、もうそれ以外に考えられない。そう思いつつ、僕は不安になった。そういうことを考えるのは不謹慎で、不敬な行為にあたるのではないかと。そのいっぽうで、例の物質は亡霊のように僕の親指と人差し指にとりついて、鳥もちのようにしっかりとくっついて離れなくなっていた。しかたがない。僕は観念してそのままにしておいた。

13

数学では、二つの図形がぴたりと重なった場合、この二つの図形は一致するという。けれどもそれは、実際に図形を重ねあわせてみるのとは違い、頭の中に浮かべた図形や空間を正確にとらえて一致したと結論を下しているにすぎない。それが幾何という学問だ。

偶然の一致というものがある。これはあまり本気にしないほうがいい。偶然の一致を信じてしまうのは、たいてい強すぎる思いこみがあるからで、思いこみは視野を狭めてしまう。もっともらしい理屈をつけて画を描けば、さもそれがほんとうのことのように思えてくるものだ。大きなパズルの中で個々のピースがぴったりはまれば、自分の中ではそれで納得してしまうかもしれない。だが、実際の世界は違う。実際はパズルがはまるようにはいかない。実際の世界は流動的で絶えず形を変えているのだ。

14

偶然の一致に僕は振りまわされてしまった。

旅行に行ったバルセロナで僕は一冊の本を買った。もちろん、その本との出会いは予期していたものではない。それはさておき、行きの列車の中でオムレツを食べ、いい旅になりそうだと思ったことはよく憶えている。車窓からは六月の陽光が赤い人工皮革のシートに降り注ぎ、とても気持ちがよかった。

バルセロナに着いた翌日、僕は旅をともにしていた友人たちと町に繰り出した。路地裏を歩いていたところ、一軒の書店のウィンドウが目に入った。メモしておかなかったので、店名は思い出せない。僕たちは店内に入ると、ぎっしりと本が詰めこんである書棚のあいだをてんでばらばらに歩きまわった。だが、僕だけはすぐに表に出てきてしまった。めぼしいものがないか目を皿にして探すほどの気分ではなかったし、それに圧倒的な量の本を前にして息が詰まりそうになったのだ。店の外には回転式のラックが置かれていて、黄色いカバーの小型本のシリーズが陳列されていた。みんなが出てくるのを待ちながら、僕はなんとなく最初に目に留まった一冊を手に取った。どうやら昔に出版された書籍の複製本らしく、表紙には《マドリッド、一八六四年》と記載されていた。『Tesoro del Pajarero o arte de cazar』[24]というタイトルで、冠羽と長いくちばしをもつ鳥のイラストがついている。僕は表紙絵からタイトルの意味を想像してみた。スペイン語が読めなくても、挿絵がヒントになった。いろいろな種類の罠や仕掛けの図が多いことから、鳥専門の狩猟読本らしいことは容易に察しがついた。最終章にはツグミ、ズアオホオジロ、アトリの絵もある。僕の読みで間違いなさそうだった。もっとも、本の内容はどうでもよかった。それより気になったのは、その黄色の小型本が発する匂いだった。なぜかわからないが、僕はその匂いに引きつけられたのだ。本はそれほど高くなく、僕は三ユーロで手に入れると、それ以上は詮索せずにポケットにしまいこんだ。

数日経って旅行からもどると、僕は本を手に取って子細に調べてみた。ずっと気になっていたのは本の内容やテクストの意味ではなく、外側の部分、つまり奇妙な外装だった。粗悪なトレーシングペーパーのような半透明の紙に字の印刷されたカバーが、簡単に三方を折り返して表紙を包むようにかかっている。僕はそれを本から外し、窓のほうを向いて陽の光に透かしてみた。カバーがステンドグラスのように見える。紙はおそらく油か油に近い何かに浸して表面につやを出し、手垢による汚れや劣化を防ぐようにしたものだろう。カバーの油分からは、バルセロナの書店の回転式ラックのそばを通ったときにふっと漂ってきた匂い、僕が思わず引き寄せられたあの匂いがした。おや、この匂い、前にも嗅いだことがあるような、と思ったとたん、僕ははっとした。両親の遺体から見つかった紙幣が発していた匂い、あの匂いと同じではないか！　小さな本と紙幣は、形も違えば、同じ時、同じ場所にあったものでもない。それなのに、この二つからはまぎれもなく同じ匂いがする。この偶然の一致に僕は少なからず興奮を覚えた。だが、それも束の間、だんだんばからしくなってきた。同じ匂いがするだって？　ばかを言うな。そんなわけがない。こんな戯言につきあう人などいないだろう。だいたい、こじつけもいいところだ。窓の前に突っ立ったまま、僕はため息をついた。たしかに昔から僕にはそんな傾向があった。関係のない事柄同士でも、実は相関関係があるのではないかと、つい考えてしまう癖。そう思うと、僕は可笑しくなり、同時にどっと疲れた。そうか、僕はバルセロナまで本の匂いを探しに行ったってわけか。それでもって、なんてことはない、匂いを持って帰ってきたってだけの話だ。

僕は体がふらついて、両手で本を持ったままソファーの腕に腰を落とした。表紙の冠毛の鳥が目を丸くしてこちらを見ている。おいおい、僕たちのめぐりあいはそんなに驚くことなのかい？

またもや僕は調子に乗りそうになった。いや、鳥が僕を見ているわけがない。鳥の視線の先にあるのは、たぶん首を絞めるくくり罠だろう。あるいは、その先で鳥を待ち受けている永遠かもしれない。動物たちは本能的に命の危険を察知するものだから。

15

歴史家のカルロ・ギンズブルグ[25]によると、人類が最初に語った物語は狩りの話だったということらしい。

《何千年ものあいだ、人間は狩人だった》とギンズブルグは書いている。茂みの中を走り回り、獲物を狩りだし、追跡するうちに、人間は動物が残した痕跡の識別のしかたを学んだ。狩人は《泥に刻まれた足跡、折れた枝、糞、体毛、もつれた羽毛、わずかに残る匂いから獲物の姿や行動を読みとる》うちに、そのデータを知識として身につけていったのだ。

それによってこう説明できる。痕跡を調べることが話を語ることにつながり、出来事を他人に伝える必要性が生まれた。だから、狩人は《物語を語った》最初の人間だったのだろうというのだ。

さらにギンズブルグは、《川べりの砂地に残された鳥の足跡を見た官吏が文字を発明した》という古代中国の伝説を取りあげて自説を推し進めている。

16

人はみな、推理して謎を解こうとするものだ。

人は身のまわりのものの状況や寸法の記録をとることに時間を費やす。同じく思い出や考えたことも記録する。世界は人の残した痕跡であふれている。

僕には思い違いが多い。

正確に覚えておこうと相当努力しているのに、記憶が違っていたり、誇張されていたりするのだ。もっとも、記憶と事実が違っているときや一瞬記憶が飛んだときに、たまにビビッとした感覚が走ることがある。それは指を挟んだり、肘をぶつけたりしたときのあの感覚に似ている。強烈なしびれに襲われて、僕は自分の記憶違いに気づかされ、ほっとして少しうれしくなる。現実に記憶が圧倒されたということだろう。

17

実生活でも、小説の中でも、僕は秘密や謎にそんなに関心をもったことがない。チャンドラーやシムノン、コナン・ドイルなど[26]を読むときは、風土へのまなざし、情景や事物や人物の描写に着目する。光と影のゆらめくさまにただ酔いしれているだけでいい。僕は体で感動を覚える。謎解きはどうでもいいのだ。

自然の中では謎を解く必要もない。

ルネ・マグリット[27]が《現実が存在するために、謎は欠かせないものである》と言っているが、僕はこの言葉をきちんと理解できずにいる。

まれに突然頭が冴えて、マグリットの言わんとすることがなんとなくわかりかけたように思うことがある。しかし、冴えていたのは束の間で、けっきょくわからずじまいになってしまう。そんな自分の頭の構造に僕は愕然とする。

今はただ人生から謎を消し去りたい。事故のこと、すべてが灰燼に帰したこと、事故に関係することは何もかも忘れたい。そう、あの瞬間《とき》途絶えてしまった時間、そのまま動かなくなってしまった時間を生き返らせたい。疑念を一切取りはらった、汚れのないみずみずしい時間を取りもどしたいのだ。

18

正午、僕は四一番の路線バスの座席で揺られていた。車内には乗客がぽつんぽつんとまばらに座っており、めいめい自分の世界に浸っていた。渋滞につかまって、バスは少しずつ進んでは止まりを繰り返す。床に秋の日差しが注ぎこみ、僕はフランシス・スコット・フィッツジェラルド[28]の文章を思い出した。《一瞬、作家は人生が猛然と愛おしくなり、なんとしてもそこから降りたくないと思った》

一九三六年に書かれた有名な『ある作家の午後』の中の一節だ。この作品はほぼ私小説のような短編で、フィッツジェラルドはごくありふれた一日を通して、自らが苦心するさまを事細かに語っている。当時、作家は四十歳だった。作家の人生はまだあと四年残されている。むろん、そんなことを本人は知るはずもない。しかし、アルコールに溺れ、不安に苛まれ、その人生にはすでに影が差していた。朝がやってくるたびに、作家は新しい一日を迎えられたことに驚きを覚える。家の中を移動するにしても、あちこちで障害が待ち受けている。次の一歩を踏みだすには、もはや用心深くそろそろと動くしかない。ようやっと起きだし、スリッパを見つけ、卵とトーストを食べ、郵便物を開封し、ひげを剃り、なんとか仕事に取りかかる。動きは最小限にとどめ、力を温存する。それが戦ううえでの作戦なのだ。人に気づかれることのない戦い。持ち札が少ないため真っ向勝負には出ない。作家は《いちばん上等のスーツ》に身を包むことで安心する。スーツといっても上下異素材で仕立てたものだ（こういうところに僕は感動する）。四月の陽光にそそられて作家は出かける意欲がわき、裏のエレベーターで下に降りる――裏のエレベーターなら、顔見知りに出くわすことはないからだ。乗りこんだ二階建てバスの上から作家は周囲を見渡し、木々の枝の動きや家並み、通りすがりの人々の青いシャツに、生きているしるしを見つけようとする。バスはマンハッタンの中心に近づき、通りが狭くなってくる。そんな折、作家の目に大勢の若い娘たちの姿が飛びこんでくるのだ。どの娘もとても美しい。作家は思う。《その顔に打算や苦労の跡は少しもない。そこにあるのは、挑発するような鷹揚な、含みをもたせた甘いやさしさだけだ》と。まさにその瞬間、唐突に、作家の中に《人生が猛然と愛おしくなり、なんとしてもそこから降りたくない》という気持ちがわきあがる。

この一節で、何よりはっとさせられるのが〝猛然と〟の部分だ。僕は死の間際の瞬間についてよく考える。人が人生の最後を迎えるとき、この作家と同じような感情が猛然とこみあげてくるのではないだろうか。そのとき、否が応にも時間が圧縮される。わき腹のひきつりやくしゃみやまばたきのようにそれを抑えることはできないのだ。後悔は一切ない。さまざまなヴィジョンがコマ落としのように脳裏を去来する。というよりも、一瞬のうちに脳裏を駆け抜けるのかもしれない。

19

ガレージの奥で古い段ボール箱をひっくり返して探しものをしていたら、音楽雑誌〈ベスト〉の一九八一年三月号が出てきた。目当てはほかのものだったのだが、僕は迷いつつ雑誌を手に取った。

表紙を飾っているのはザ・クラッシュ[29]の四人組だ。メンバーが青いカーテンの前で身を寄せあうようにして座ってポーズをとっている。五〇年代風のシャツの襟を立て、髪はオールバックで、目つきが危なっかしい。いずれにしても、表紙の写真はライティングが不自然でよろしくない。フラッシュ光が強すぎる。

中を開くと、六ページにわたってバンドの特集が組まれている。タイトルの《ルードの時代》は、映画『ルード・ボーイ』をなぞったものだが、なんといっても、その下敷きとなっているのは、前年にリリースされたアルバム『サンディニスタ!』だろう。当初、イギリス国内の評論家たちからは相手にされなかったアルバムだ。

「これでも食らえってなもんよ」と、ギターのミック・ジョーンズは言う。

『サンディニスタ!』は三枚組のアルバムでありながら、価格はＬＰレコード一枚分と変わらない。そのためにメンバーたちは二十万枚分のロイヤルティを放棄する。体制に抗うため、自分たちのやりたいように作りあげた三枚組三十六曲という大作を世に出すためだった。

「あなたがたのことをリッチだと思っている人は世の中に大勢いますよ」というインタビュアーの指摘に対し、ミック・ジョーンズはこう答えている。

「そうだろうな。まあ実際に金を持っている連中は、俺たちより利口だったたってことだろう」

20

「ウィットを効かせることとジョークを飛ばすこと。その違いはとてもわかりにくい」と、晩年のグルーチョ・マルクス[30]は語っている。「それでよく痛い目に遭ったものさ。冗談抜きでね」

＊

三日前から僕は南京錠を相手に悪戦苦闘していた。南京錠の鍵をなくしてしまったのだ。

南京錠はサイズが中くらいの、本体が銅色でツルが鉄製のごくありふれたやつだ。本体の表面には文字と三角のロゴマークが刻まれていて、made in China の表記がある。最初、無謀だとは思ったが力まかせにひねってみた。案の定、びくともしない。寡黙な南京錠は身をもってそれを示したのだ。ツルを本体に押しこむだけの単純なつくりなのだが、ツルを引っぱっても抜けないようになっている。錠前としての自分の使命に忠実であるがゆえ、攻撃者、つまり僕に対して全力で抵抗するのだ。そんな錠前の立場は理解できる。実際、錠前に恨みはない。だから、正々堂々とわたりあうのみだ。

このまま手をこまねいてはいられない。僕は手近にあった工具箱の中にペンチとバール、さらにボルトカッターがないか探した。だが、目当てのものはなかった。ドライバーとモンキーレンチがあったので、とりあえずそれらをテコとして利用することにした。ゆっくり力を加えていったが、南京錠はうんともすんとも言わない。ノコギリで切断しようかとも考えた。しかし、南京錠は硬化処理を施した鉄でできている。ちょっとやそっとでは歯が立たないに決まっている。それに適当なノコギリもない。大きな片手ノコギリがあるだけだ。それでは南京錠の憫笑を買うだけだろう。

僕は大型スーパーに行き、工具売り場で〝金属全般の切断が可能〟な丸ノコ刃を購入した。ガレージでグラインダーを見かけたので、それに取りつけようと考えたわけだ。ところが家にもどってから、刃をネジで固定するのに必要なスパナがないことに気がついた。僕はむっとした。まったくもっておもしろくない。

いよいよ滑稽な状況になってきて、もはや南京錠からはあからさまになめられているような気がした。南京錠に向かって、僕はきみの敵じゃないんだと言ってやりかった。むこうが勝手にこちらに盾ついているのだ。いったいどうしたものだろう。もし南京錠を外す以外に方法があるというなら、教えてもらいたいものだ。

そもそも僕が南京錠と格闘しているのにはわけがある。つまり、僕はトランクを開けようとしているのだ。トランクというのは軍仕様のグリーンの金属製コンテナで、南京錠はその施錠に使用されている。それを外さないかぎり、トランクの蓋は開かないのだ。このトランクはこれまで何年も友人のラシェルとジョルジュの家の地下室に寝かされていたものだった。僕たち姉弟は、いずれ整理するつもりで両親の遺品をこのトランクにしまっておいたのだが、なにぶんトランクが大きすぎて置き場所に困っていたら、ラシェルたちが場所を提供してくれたのである。実際、ふたりの家の地下室は広々としていて、大きなものを保管しておくには都合がよかった。だが、いつまでもそのままにしておくわけにもいかなかった。そろそろトランクを引き取って中のものを整理しないといけない。そこでつい先だっての日曜日、僕は車でラシェルたちの家に行った。そして、かなり難儀しながら——なにしろトランクは死んだロバ一頭分の重さがあった——みんなでトランクを車まで運び、後部シートを倒してなんとか積みこんだ。そんな経緯を経て僕は今、わが家のガレージでトランクと向きあっている。そして、問題のこの中国製の南京錠が僕にトランクを開けさせまいと踏ん張っているわけだ。

こうなったらもうやけくそだ。僕はトランクの蓋を引っぱりあげてみた。だが、蓋は少したわんだだけだった。できたすき間から手を入れて中を探ってみる。指先の感触でだいたいのものの見当はついた。すると、突然そのすき間から、何年ものあいだトランクの中にこもっていた匂いがもれだした。匂いはガレージ中に広がり、鼻腔や臓腑を刺激してくる。覚えのある匂いだった。甘やかで、慣れ親しんだ匂い。なんだか僕は墓を掘り返しているような気がした。

うんざりして僕はガレージ中をひっかき回した。そして、ようやくノコギリを見つけだした。歯のすり減った古いノコギリだったが、試しに刃を南京錠のツルに当て、両の手に力をこめてぐっと押してみた。すると意外にも手応えがあり、ものの数分で問題は解決してしまった。かくしてトランクの蓋はついに開いたのだった。

これはと思うものがあるといいが、見つかるかどうかはわからない。トランクの中には僕たちがしまっておいた両親の持ちもの、置物や装身具、写真の整理箱などが入っている。

僕は手当たり次第に品物を取りだしては、埃っぽい地べたに並べた。そして、そこから模型のポリスリボルバー、チェスボード、古いコインの詰まった小銭入れ――中には手垢で黒ずんだつるつるのナポレオン金貨まであった――、エンボス加工された名刺、両親の会社のレターヘッド、ナイアガラの滝の観光用リーフレット、請求書や見積書でふくれあがったファイル（すべて母がタイプライターで打ったものだ）をより分けた。それから写真の整理箱を開けてみた。写真を取りだしてトランプを切るような感じでぱらぱら見ていくと、次々と家族の写真が現れた。勉強机に向かう三歳の姉、大人に抱えあげられて草むらでオシッコをしている僕、マイカー第一号の〈シムカ一〇〇〇〉の横に並ぶ両親、滝をバックにして撮ったスナップ、親戚で集まってピクニックをしているところ、などなど。あまりの数の多さに僕は嫌気がさし、すぐに見るのをやめてしまった。

僕は取りだしたものを丁寧にトランクにもどし、蓋を閉めた。

ただの骨折り損だった。遺品の中に何か秘密が隠されていたわけでもない。過ぎ去った日々が繊細な層をなして積み重ねられていただけだった。僕はひとまず全部このまましまっておくことにした。

が、すぐに思い直して、空色のプラスチックの小さな箱と、ワニの形をしたクルミ割りと、父が使っていた革製のショルダーバッグだけ持ちだすことにした。バッグは口が広くて中のものがすぐ探せるので重宝するはずだ。

僕はドアを閉めると、ささやかな戦利品とともにガレージをあとにした。足もとが少しふらつき、胃がきりきりと痛んだ。明るい日差しに眼を射られ、僕は一瞬何も見えなくなった。

21

トランクを開けたことがきっかけで、何年も前の昔のことを思い出した。父の仕事の現場に同行していた頃のことだ。父と訪問した家は数知れない。変わった客ばかりで、それぞれ実に個性的な人たちだった。

その中にベルリエさんという老人がいた。自動車メーカーの〈BERLIET《ベルリエ》〉[31]と似ているが、スペルまで一緒かどうかは怪しい。というのも、父は「ベルリエさん」と呼んだり、「ベルリエールさん」と呼んだり、かと思えば「ベルリェエさん」と、変な発音をしているときもあったからだ。ベルリエさんは灰色のコンクリートの戸建て住宅の一階で暮らしていた。ほかに住人はいなかったが、ゆうに四十匹はいると思われる犬と猫が同居していた。ベルリエさんはちょいちょい動物たちを叱りつけていたが、叱ったあとで必ず彼らの頭や尻を愛情こめてポンポンたたいてやっていた。動物たちは子どもと大人に分かれて部屋のあちこちにいた。タンスの上やガスレンジの上、ベッドの下にももぐりこんでいた。さらには垢と埃にまみれた古い油絵の額縁の上にまで仔猫がちょこんと乗っかっていた。ある晩、ベルリエさんはその油絵を取りはずすと、父に向かってだしぬけに、工事の代金をこの絵で支払いたい、と言った(僕たちはベルリエさん宅に立派な両開きの門扉を取りつけていた)。たまたま僕はその物々交換の現場を目撃することになったのだが、父もベルリエさんも満足げな様子だった。

現在、その絵は僕の家の暖炉の上に置いてある。

それはどうということのない風景画で、丘陵にひっそりとたたずむフランスの小さな村が描かれている。たぶん一九世紀の絵だろう。画家のサインは文字が細かくてよく読みとれない。幾何学的なフォルムの家が幾重にも連なり、その真ん中でひょろひょろのポプラの木が三本、風になびいている。

谷間に架かる橋が奥に見えるが、橋床のたよりないのが気にかかる。貧弱で、今にも壊れそうなほどだ。徹底して工法を無視した形の橋である。

そして、キャンバスの三分の一を占めているのが雲のない空だ。汚れによるものなのか、タバコのヤニがついたのか、ところどころブルーの色がくすんだ黄色に変色していた。どう見てもぱっとしない風景画である。立体をあまり意識していない、というか、立体感は皆無だ。薄い色の単色で描かれていることもあって、全体的に質感が弱い。

構造的にありえない橋は奇妙としかいいようがない。さらにいうなら、この絵にはびっくりするくらい野心が感じられないのだ。

けれども、そこがこの絵のおもしろいところなのかもしれない。

なにしろわが家を訪れた人で、このベルリエ老人の絵に引っかかりを覚えない人はいないのだ。

暖炉の上のこの風景画のそばに、僕はトランクから出してきたワニの大きなクルミ割りを置いた。そして、昔、子どもの頃にやっていたようにふざけて青銅のワニの口のあいだに指をさしこんだ。それから、ゆっくりとワニの口を閉じていき、力を加減しながら痛みを感じるぎりぎりまで指に押しつけた。

そうやってじっと風景画を見つめながら指をワニにくわえさせ、ゆるい世界を味わってからかっちりとした感触を楽しむのもおつなものだ。ワニと風景画。この両極にあるともいえる二つには相通ずるものがあるように思われる。

22

火災は考古学の発展に貢献してきた、とどこかで聞いたことがある。住居や地中のものが火災で被熱し、そうしてそのまま何世紀もの時が流れる。焼け跡にはしばしば住居が再建され、さらに、住人たちが空き地に廃棄物を埋める。廃棄物は昔の暮らしや環境を考察するうえでの手がかりとなる。

したがって、今日の考古学があるのも世界の歴史に数多の爪痕を残してきた火災のおかげだといえる。火災なしには、ここまで考古学が進歩することはなかっただろう。

そういう見かたがあることも知っておかなければならない。

23

押さえつけても、押さえつけても、憎悪が頭をもたげてくる。

憎悪は僕の邪悪な心を目覚めさせる。

正直に言うと、僕はモンブランなんかなくなればいいと思うことがある。誰かが卵白を角が立つまで泡立てていると、それがモンブランのてっぺんに見えてきて、手で払いのけたくなる。頂上をちょん切って、斬首刑に処してやれ。モンブランなんかひどい目に遭えばいい。景色から消えろ。標高四八〇七メートルのアルプス最高峰の座から引きずりおろしてやる。そう、僕はやつを地図から抹殺したい。あんな山なんかぺちゃんこになってしまえ。

吐きだすだけ吐きだしたら、怒りがおさまった。

いっぽうで、モンブランは依然としてそそり立っていた。

24

山越えの手段はいくつかある。登って越えるか、ふもとをぐるりと回っていくか、山の中を突っ切るか。

一三三六年、詩人のペトラルカ[32]は、ヴォクリューズ県でいちばん高いモン・ヴァントゥー、標高一九一二メートル[33]の登攀《とうはん》を企てた。

詩人は弟を道づれに歩いて山頂を目指した。

その日は詩人にとって素晴しい一日となった。山頂では大気が《尋常でないほどさわやか》であり、《遠大な》眺望に感動して、詩人は《茫然と》立ちつくす。ペトラルカがこの山に登ったのは、ただ《とてつもなく高い山の頂を見てみたい》という激しい願望にかられたからだという。そして、この登山の経験は詩人の未来に深い影響を与えることになる。詩人はこの日の出来事を数ページにわたる手紙にしたためている。手紙は聖アウグスティノ会の修道僧ディオニジ・ダ・ボルゴ＝サン＝セポルクロに宛てて書かれたものだ。

もちろん、このとき山の斜面に登山道が整備されていたわけではない。誰かが通ってできたような道すらなかった。あるのは岩石や藪ばかりで、それらが行く手を阻み、蛇行しながら進まざるをえないのだ。頂上を目指すなど、無謀な試みというしかなかった。詩人たち一行は、ふもとで出会った羊飼いの老人に登山を思いとどまるように説得される。その老人も五十年前に同じような思いにかられて山頂まで登ったことがあるのだ。だが、老人によれば、登山によって得られたものは《疲労と苦痛、岩やいばらで傷ついた体とずたずたになった衣服》だけだったという。

今日では、このペトラルカのエピソードはつくり話だったのではないかという解釈もある。手紙の日付や気象学的な条件から考えると、ペトラルカの記述にはつじつまが合わなる。

い点がいくつか見えてくる。しかし、そんなことはどうでもいい。真実か創作かはさておいて、この話には最初から最後までずっとペトラルカが白日夢を見ているような印象がある。モン・ヴァントゥーを最初に登ったのはペトラルカだったわけではないが――農民なり、世捨て人なり、山賊なり、漂泊者なり、先にこの山に登っている人間はほかにいるはずだ――、登山についての記述を残したのは、間違いなくペトラルカが初めてだろう。ペトラルカの登山は言葉と思考によってなされた。この登山を通して感じたものが言葉や思考に結びついたのだ。詩人は自らの歩みをその叙述の中に一歩一歩刻みこんでいったのである。

ペトラルカは精神的な高みへと登っていったのだ。

25

マルコ・パンターニ[34]も同じくモン・ヴァントゥーのゴールを制した。ロードレーサーの中でも山岳のスペシャリスト、ヒルクライマーに対して僕はとくに強い思い入れがある。

フェリーチェ・ジモンディやシャルリー・ゴール[35]——どちらも偉大なるサイクリストだ——は、パンターニについて史上最強のサイクリストだったと語っている。とはいえ、パンターニはロードレーサーとしては身長百七十二センチと小柄だった。

パンターニはアドリア海に面した小さな町チェゼナーティコで生まれた。チェゼナーティコはチェゼーナ県にあり、リゾート地のリミニにも近い。町ではパンターニの銅像を見ることができる。つややかで競走馬のように引き締まった体躯は、スキンヘッドに細身というありし日のパンターニそのままだ。

その独特な風貌から〝海賊〟というニックネームで親しまれ、〝山の小悪魔〟として山道をぐいぐい走り抜けたこのヒルクライマーは、ときに〝エレファンティーノ（子象）〟とも呼ばれた。

エレファンティーノと呼ばれることについて訊かれると、パンターニは笑いながら「この耳のせいだろ……鼻も似てるかな」と答えている。

とにかく、これだけは確かだ。パンターニは女性を愛し、スピードを愛し、自転車を愛してやまなかった。

そんなパンターニだったが、やがてドラッグ——主にコカイン——に手を出し、乱用するようになってからは、食事もとらず、風呂にも入らなくなる。次第に蝕まれていく彼の体を心配する友人もいた。

急激な坂道をギア比の大きなバイクで、踊るようなダンシング（立ちこぎ）でガンガン登っていく。けっして後ろは振り返らない。後方集団を大きく引き離して、モン・ヴァントゥー[36]を何度も駆けあがった。それだけではない。ガリビエ峠やツールマレー峠[37]でもアタックを繰り返した。まさに吸い寄せられるように、勾配一〇パーセント以上のどんな坂にもアタックを仕掛けていったのだ。

周りから見放され、ひとりぼっちになってしまったパンターニは、ある晩、パスポートにこう書き記す。《実際にサイクリストがどんなものなのか見にいくといい。サイクリストの烈しい悲しみに寄り添おうとする人間がどれだけいるだろうか》メモが残されたページは角が折られていた。

そして、そこにはこんな言葉も綴られている。《過ちを犯すための静かな場所があればいい。ほかには何も望まない》

＊

あれは二〇〇四年二月の月曜日で、僕がボジョレーにある広々とした屋敷——旧《ふる》い農家を改修したウィークリーステイの宿泊施設——に滞在していたときのことだった。キッチンの椅子に腰かけて空色のマグカップでコーヒーを飲んでいると、ラジオからニュースが流れた。マルコ・パンターニがリミニのホテルの一室で亡くなっているところを発見されたという。嘘だ、そんなこと誰が信じるものか——カップの底で残りのコーヒーが震えた。それでも僕はカップを置いて、真偽のほどを確かめようとした。マルコ・パンターニさんは三十四歳でした、とラジオが伝えた。

パンターニはその数日前から長期滞在型ホテル〈レ・ロゼ〉の部屋にひとりきりでこもっていたらしい。遺体で発見されるほんの二十四時間前までは生きている姿が確認されている。ホテルの部屋のドアは内側からロックされ、部屋中の家具がひっくり返っていた。置き手紙の類は一切なく、顔は傷だらけで、出血の跡が見られた。もしかすると、苦悩に苛まれていたのかもしれない。調査の結果、すぐに死因が特定され、コカインのオーバードーズによるものだとされた。だが、死亡時、ほんとうに彼は部屋にひとりきりでいたのだろうか？　亡くなる数時間前、何者かが部屋を訪問していたことは考えられないか？すべては謎に包まれたままだ。[38]

それにしても、山を制したパンターニがリミニという街で人生の終焉を迎えたとはなんとも皮肉なことだ。リミニといえば、ビーチにデッキチェアがずらりと並び、レストランやクラブで夜遅くまで賑わうリゾート地ではないか。おそらくイタリアでもっとも享楽的でもっとも平坦な場所だ。大雑把に見ても海抜五メートルといったところだろう。

26

僕はというと、高いところが苦手だ。高いところに登るだけですぐに息が苦しくなってくる。へたをすると、めまいを伴うこともある。

それにひきかえ、父は高い場所が平気だった。高所を怖がる心理を父は理解していなかった。屋根の修理の仕事についていったことがあるが、そこで僕はリヨンの街の建物の屋根の上をすたすた歩く父の姿を目の当たりにしたものだった。

「ほら、どうした。さっさとしないか」僕を急かす父の声がする。僕は四つん這いでそろそろと前に進んだ。赤い屋根瓦に汗がぽとりと落ちた。

それはベルクール広場に近い庁舎のひとつ、リヨン裁判所の別館の少年裁判所でのことだった。デスク、書類、ざわめき、疲労困憊の色がひしめく大きなビルだったことを憶えている。この日、父と僕はまずビルの屋根裏まで上がった。屋根裏の天窓から頭を出したとたんに髪がばっと舞いあがり、風の洗礼を受けた。そこから先はめったに人が足を踏みいれることのない、気の遠くなるような別の空間だという証だった。

父は接合部分のパッキングがボロボロになっている煙突に指先だけでつかまった。しがみついていたわけではない。地上二十五メートルの高さをものともせず、父は横に一歩踏みだした。スリッポンを履いた足が瓦の列をぐっと踏みしめている。それから父は手に付いたセメントの粉をぬぐい、まるで作業所にいるようにおもむろに〈ダンヒル〉を一本取り出して火をつけると、腰に手をあて、こともなげに考えごとを始めた。どんなに高い場所にいようが、一服しながらだと考えごとがはかどるらしいのだ。

僕が不安のあまり動けなくなっているのを見ても父は何も言わず、ただ額に皺を寄せただけだった。そして、父は建物の向こう端までのっしのっしと歩いていった。強い風にあおられて、僕は頭がくらくらした。僕の周囲ではフランスが、この惑星が、空が東西南北に広がっていた。そして、そこに父がいた。

この光景は今でもたびたびよみがえり、僕は一気に過去に引き戻される。そのとたん、落下の不安が襲ってくる。落ちそうなのは自分なのか、父なのか、それとも、ふたりして危なっかしいのか。それはよくわからない。

27

山の本に不安や不運を遠ざける効力があるとはとうてい信じられない。それなのに、どういうことか、僕は山に関する書籍を買い求めては、それをお守り代わりにするようになっている。

最近、僕は登山のガイドブックを買ってきた。少しは僕の道しるべとなってくれるかもしれないと期待してのことだ。クラフト紙の表紙に赤い字で印刷されたタイトル。一九三四年に〈フランス山岳会〉が出版したもので、技術編と知識編の二巻がセットになった申し分のない指南書だ。もくじを見ると、〝ロッククライミング〟〝ロープワークの基礎〟〝一般登山〟〝登山者の健康管理〟〝雪山登山〟など、本気で登山をする人向けの項目がずらりと並んでいる。

立派なガイドブックには違いないが、まず読むことはないだろう。はじめはそう思っていた。ところが、数日前から僕はこの本をあちこち持ち歩くようになった。まるで持っているだけで励みになるかのように、ポケットに入れて部屋から部屋へ移動したり、枕もとに置いたり、カフェに持ちこんだりしているのだ。いったん本を置いてもまた手に取って、ぱらぱらめくり、ぽつぽつと拾い読みをする。とくに何かを調べるわけではない。なぜなら、僕にとって登山はまちがいなくこの先もずっと虚構の世界のものでありつづけるからだ。僕は山が嫌いなわけではない。紙の上なら山は大好きだ。

28

「きみの本は墓碑のようだ」クロードはやわらかな声で、しかしきっぱりとそう言った。クロードとはブラッスリーで落ちあったのだが、大きな柱に隠れてひっそりと座っていたので、最初、僕は彼の姿が目に入らなかった。さいわい、先にこっちに気づいたクロードがとっさに手を挙げてくれた。クロードはキャラメルブラウンの革ジャンを着こんでいた。

本のことを〝墓碑〟と表現したので、いささか僕はギクッとした。でも、それがクロードなりの賛辞であることはわかっていた。〝きみの本〟というのは、数週間前に出た僕の処女作[39]のことである。

墓碑銘的な文学ということだろうか？　たぶんそうなのだろう。だが、すべてを考えあわせると、〝スーツケース〟と言ってくれたほうがいい。墓碑ほど大袈裟ではないし、なによりスーツケースは持ち運びができる。僕たちは、持ち運びができるスーツケースのように作品を軽量化するというアイディア――マルセル・デュシャンやエンリーケ・ビラ＝マタスが[40]大切にした精神だ――や、ほかの作品を詰めこんだ作品をさらに別の作品の中に詰めこみ、そうやってどんどん果てしなく作品を入れ子構造にしていくことの可能性について、ひとしきり語りあった。

作品を缶詰めにするという発想について論じるうちに話がどんどん脱線して、しまいにジョルジュ・ペレック[41]の話題になった。クロードはペレックと互いが二十代だった頃に知りあったという。

「パリで出会ったんだ。一四区でね。ペレックは私より四歳年上だった。軍服を着ていたなあ。死ぬまで友情は続いたが、なにせ逝くのが早過ぎた。最後は苦しんだらしい」

クロードはひと言ひと言区切るように言った。「ペレックが死んだのは、アルコールとタバコのせいだ。だが、何よりも絶望によるところが大きい。つねに絶望の底にいたんだ。茶化したり、駄洒落を飛ばしたりして、喉の奥まで見せて笑っているときでさえね。彼流のエレガンスだよ」

僕たちは曖昧に笑って、店内の安っぽい装飾を見つめ、カップの底に沈んだ砂糖をかき混ぜた。

ふたたびクロードが口を開いた。「自分でも信じられんが、七十になってしまった。まあ順調にいっているのだから、なんとか頑張らなくては」

時勢に合わないというよくわからない理由で歴史に埋もれてしまった作家たちがいる。自分はそんな不遇な作家たちについて書きたいのだ、とクロードは話してくれた。彼らのことをクロードは〝忘れられた人々〟と呼んでいた。今、彼の頭の中ではその構想が大きなウェイトを占めているようだった。

物語をつむいだ人々の物語。それもまたスーツケースの発想であり、入れ子構造の物語だ。

店を出ると、僕たちは歩道でじゃあ、と手を挙げて別れた。僕は足早に去っていくクロードの後ろ姿を見送った。その隙のない歩き方には、二月のこの時期の身を切るような寒さに似た厳しさが感じられた。なぜだろう、もうこれっきり会えないような気がするのは。クロードと会ったときはよくそんな気持ちにとらわれるのだ。

縁起でもないことを考えるのはよして、僕は家路についた。折もあろうに天気が急変し、突然雨が降りだした。

29

僕はもう雨をあてにはしていない。目の前で、肩の上で、雨は消えてなくなる。物事の全体像を見失うと、個々の些末な部分に気を取られ、本質を把握できなくなるものだ。雨はどうかといえば、雨粒の大きさが変わっても、問題は全然変わらない。霧雨、小糠雨、にわか雨、どんな雨が降ったところで、疑念は疑念のまま残る。もちろん、雨は形あるものではない。雨は現象だ。そして、現象とは本来とらえどころがなく、はかなく消えていくものである。

＊

今日は、雨が雪に変わった。雪は整然と降りつづき、周囲の建物がみるみる消えていく。雪はネガのようにすべてのものの白黒を反転させる。黒々とした部分は白く明るく輝く。僕の自信も薄らいで、同様に、気づかないくらいにゆっくりと雪に消されていった。景色は雪に埋めつくされ、完全に見えなくなった。

雪に降られるとどんな町でも似てくるものだ。窓を閉めながら僕は思った。雪の降る夜はどれもみな同じだ。

30

エリック・ロメールの映画『モード家の一夜』[42]の中に、主人公が友人とともに女医の家を訪れ、三人で語りあうシーンがある。夜も更けて、友人のヴィダル――アントワーヌ・ヴィテーズ[43]が演じている――が立ちあがり、窓の外を見るというシーンだ。

「雪だ」とヴィダルがつぶやく。

暗がりの中に雪がちらつくのが見える。

体にフィットしたスーツを着たヴィダルは、アルコールを飲んでいるせいもあってけだるそうだが、できるだけしゃんとしていようとする。

ややを間をおいてヴィダルが続ける。「嘘っぽくて、つくりものに見える。雪はそんなに好きじゃない。子どもじみているから。子どもの頃を思い出させるものにはぞっとするんだ」

31

雪、といえばほかにも連想するものがある。日本の俳人、小林一茶[44]だ。一茶は一八世紀から一九世紀にかけて、ナポレオンと同時代を生きた。そして、幼い頃に生母を失っている。

母親のいないさびしさから、一茶は一日の大半を森や野原で過ごすようになる。動物や鳥や虫が一茶の遊び相手となり、唯一のなぐさめとなった。

《我と来て遊べや親のない雀》

小便の句も好んで詠んでいた。まだ誰も足を踏みいれていない新雪めがけ、まっすぐに放尿するというのも一茶らしい酔狂だ。[45]

晩年、一茶は村の大火で住まいを失い、焼け残った土蔵で最後の数か月を暮らす。長い漂泊の果てに故郷にもどった一茶は中風を患い、十一月（旧暦）のある晩に息を引き取る。

《是がまあつひの栖《すみか》か雪五尺》は、一茶の墓の近くにある句碑に刻まれている句でもある。

32

公判初日の火曜日は雪だった。

僕たちを乗せた〈フィアット〉は真っ白になった高速道路をオート＝サヴォワ県のボンヌヴィルに向かって走っていた。ジャン＝マリ弁護士も一緒である。助手席のジャン＝マリは、長い脚をダッシュボードの下で折りたたむようにして座っていた。法廷で着る黒い法衣は黒い革のブリーフケースとともに後ろのトランクにお行儀よく収まっている。僕は運転しながらトランクの中で荷物が動いていないか気になった。

開廷は午後一時半の予定で、僕たちは会場に少し早く到着した。

会場近くの駐車場に車をとめると、僕たちはそのまま車内で軽く腹ごしらえをすることにした。僕は途中で買っておいたサンドイッチを配った。窓が白く曇っている。僕たちは膝やシートにパンくずをポロポロこぼしながら、サンドイッチをぱくついた。ジャン＝マリは自分の分まで昼食が用意されていたことにいたく感激していた。

法廷では、あらゆる真実を、真実のみを述べなくてはならない。で、肝腎のその法廷だが、どうやらほんものの大審裁判所の施設は関係者全員を収容するには小さすぎたらしい。この裁判が世間の注目を集めていることもあり、市のスポーツセンターが大審裁判所に代わる特設会場となった。通常ならばハンドボールやバスケットボールのシューズやボールの音が鳴り響くはずの床の上には、プラスチック製の椅子がずらりと並んでいる。椅子には〝弁護士〟〝被告人〟〝プレス〟と、それぞれ役目が割り当てられていた。僕が座った椅子の背には、胸につけたバッジと同じく〝損害賠償請求人〟と書かれたシールが貼られていた。

室内はむんむんしていた。

判事は眼鏡をかけていて、名前に〈ド〉がつく貴族姓だった。判事の前には書類の束が悲劇の芝居の小道具のように十メートルにわたって仰々しく並べられていた。

「われわれはついていると思います。あの判事ならとても良心的ですから、徹底的に審議してくれるでしょう」ここまでの紆余曲折を思いやってか、申し訳なさそうにジャン＝マリがささやいた。

判事は時間をかけて、被告人ひとりひとりの細部にわたる情報を読みあげていった。被告人たちの顔が、この日のために設置されたスクリーンに大写しになる。被告人の顔を見るのは初めてだった。室内の反対側の隅には小さなブースがいくつもあって、通訳者が大勢座っていた。少なくとも七か国語で同時通訳がおこなわれているらしい。聴衆用のイヤホーンは入口のところで貸し出されていた。

被告人は十二名で、その内訳はフランス人が八名、ベルギー人が一名、イタリア人が三名だ。その十二名に加え、いくつかの法人、つまりいろいろな企業が〝業務上過失致死〟の罪で起訴されていた。

被告人たちのポートレートが順番に映しだされ、それに合わせて、職業、経歴、家族状況、趣味、住所、生年月日などの説明が入る。

たとえば、レミー・Cなら、年齢は五十二歳。職業は公務員。元知事でジャック・シラク大統領の側近。チェスと絵画の愛好家である——といった具合だ。

あるいは、ダニエル・C＝Tの場合。年齢は五十八歳。服装は迷彩柄。ひげをたくわえ、長めの髪はまとめて後ろでひとつに束ねている。職業はトンネル指令センターの指令員。ATMB社で働くことに生きがいを感じている。釣りが趣味である。

被告人の人物紹介はながながと続けられた。それを聞きながら、僕は、この人物たちを裁くのは難しそうだ、そして、有罪にするのはもっと難しいだろうと感じた。目の前の人物たちは長所と弱さを併せもっている生身の人間だった。歳月の足跡とか、こまごまとした人生の疵《きず》とかもそこはかとなく匂わせている。それより何より、彼らは顔にはっきりと驚きや不安を出していた。そこには、なんというか、人間くさくて、もう泣けてくるほどの大人気《おとなげ》なさが感じられた。まったく、人物像を披露したところで何が判断できるというのか。ばかばかしくて話にならない。

僕はスクリーンから視線を外し、館内の高窓を見やった。

この町からさほど離れていないところに、モンブラントンネルがある。すでに営業を再開しており、まさにこの瞬間も滞りなく稼働している。オート＝サヴォワ県は素晴しいところだ。ひらひらと雪が舞い、ボンヌヴィルの街がベツレヘムのように思えた。

まったく、こんなに気の滅入る素敵な冬をこれまでに経験したことがあっただろうか。

＊

裁判は三か月にわたって続いた。その途中で迎えた春はなんの余韻も残さずに一気に過ぎ去っていった。

その三か月のあいだ、僕はたまに法廷に足を運ぶだけだった。

＊

弁護団には、香水をぷんぷんさせているアシスタントの女性を従えた弁護士たちもいた。アシスタントたちはたいがいボスよりも若く、タイトなスカートを穿いていて、裁判に必要な書類を詰めた大型のキャリーケースを引きずっていた。そして、階段の上り下りではそのキャリーケースのキャスターがガタンガタンと派手に音をたてるのだった。

アシスタントつきの弁護士たちのひとりは、クラウス・バルビー[46]裁判で原告側の弁護を担当した人だった。その弁護士はこの裁判のために近所に家を借り、そこから四駆車で通ってきていた。しぶとくて、一度食いついたら離さないタイプでもって弁舌さわやか、しかも人を笑わせる術を心得ている。裁判ではその硬軟自在な発言がおおいに期待されていた。

原告側の弁護士も被告側の弁護士も、互いに顔見知りであることは明々白々だった。彼らはホールやコーヒーマシンのそばで相手を見かけると、互いの腹や肩をたたきあっては冗談を言ういっぽうで、つねにすばやく相手の肚《はら》を探ろうとする。記者やカメラマンのあいだでも小さな社会は存在していた。あちらの公判、こちらの公判と取材をするうちに顔なじみとなって日常をともにし、同じ体験をする。ルーティンな日々が続くなか、たまに予期せぬ事態が発生したり、一気に慌ただしくなったりする。つまり、〝裁判〟とはそういうものなのだ。

*

スポーツセンターのドアの前には警官が立ち、この胡散くさい世界の案内役を務めていた。裁判中の案件についての警官たちの評価や感想が知りたくて、僕は彼らの目の動きに変化がないか探ろうとした。せめて目配せくらいしてくれたら、彼らの見解を窺い知ることができたかもしれない。いったい警官たちは何を思って立っていたのだろう。

館内に入ると、長い通路の先に僕たちの控室が用意されていて、僕たちはそこでコートを脱いだり、喉を潤したりした。ボランティアのスタッフがあれやこれやと親切に面倒を見てくれた。僕たちはここでは腫れもの扱いをされていた。

部屋の隅にはテレビモニターがあり、法廷と中継がつながっていた。公判の模様はすべて撮影されていた。画面に映しだされた面々は、画像の粒子が粗く彩度が高いせいでなおのこと非現実感があり、遠い世界の住人のようだった。僕はいつまでたっても終わらない連続ドラマを見せられているような気がした。

ある日、センターのトイレに入ったときのことだった。手洗い場で手を洗おうとして、僕は被告人のひとり、ジェラール・Rが用をたしていることに気づいた。

便器の水を流すと、Rは僕の隣に立った。トイレの中はしんとして、ピチャピチャと便器を流れる水の音だけが響いていた。僕たちは並んでディスペンサーから液体せっけんを出し、手を洗いながら、互いに鏡に映る相手の姿を観察した。こちらのことは知るはずもないだろうが、Rの顔にはストレスや疲労の色が見えた。幅広のネクタイを締めていて、ベージュのスーツはズボンの股のあたりが軽く皺になっている。おそらく亡くなった父と同じくらいの年齢ではないだろうか。

トイレから出るとき、僕はドアを押さえてRを先に通してやった。Rはコホンと軽く咳をして頭を下げた。僕は重い足取りで歩いていくRの後ろ姿を見つめた。Rは見張りの警官に誘導されて、ふたたび廷内に入っていった。

「そうか」僕は無意味なことを考えた。「あの人も喉が渇けば水を飲むし、出るものは出る。それに自分の身に起きたことがまったく理解できていない。そして、うんざりしている。僕とまったく変わらない」

＊

センターの向い側に〈ル・リュスティカ〉というホテルを兼ねたレストランがあった。

閉廷後、僕たちはそこで落ちあった。すでに遅い時刻になっていた。

大きな丸テーブルを囲んで、僕たちはリンゴのチップをつまみながらアペリティフを飲んだ。ジャン＝マリはたしか〈ペリエ〉かビールを頼んでいたと思う。僕たちはたわいもない話に花を咲かせた。ただ楽しくおしゃべりをして頭を空っぽにするためだった。つまり、余計なことはもう考えたくなかったのだ。かといって、やりきれない気持ちのまま一日を終わらせるわけにはいかない。一度か二度は、そこで夕食を済ませたこともあった。

すぐ目の前にあって賑わっていることから、〈ル・リュスティカ〉には被害者遺族や記者や弁護士らがこぞってやってきた。二つの広間にはタルティフレット[47]の匂いが漂っていた。

経営者夫妻は感じのいい人たちだった。僕たちはそのうち顔を覚えてもらうようになり、公判のあと、店に立ち寄るのがなんとなくあたりまえのようになっていった。

店を出るときに僕たちは「また来ます」「お待ちしています」と挨拶を交わした。さっさと裁判を終わらせたいのに「また来ます」なんて言っている場合かと思うし、そもそもこの店にはたまたま入っただけで、いわゆる常連客とも違う。それでも僕たちにはわかっていた。ここに来れば、調査とか鑑定とか、トンネルの料金所とか焼けたトラックとか、不毛の議論のはてにいわゆる闇の中に葬り去られようとしている犠牲者のこととか、そういったものの一切から離れられるということを。厨房から漂ってくる料理の匂いやとりとめのない雑談の賑わいに包まれて、〈ル・リュスティカ〉の得がたい温もりに少しでも触れられて、それが僕たちの励みになっているということを。

そうしてまた、僕たちは現実にもどっていくのだった。

＊

その日その日でいろいろなことがあった。いろいろなことが語られ、いろいろな疑問が生じた。証言台で証人が言いよどむ場面もあれば、検察側が苛立つ場面も見られた。

それから、やっと被告側と原告側の弁護人の口頭弁論がおこなわれる。精彩を欠いていたり、覇気があったり、それは弁護人によっても違った。

われらがジャン＝マリ弁護士は尋問に立ち、日付と人の名前をごっちゃにするというへマをしでかしながらも、粘りに粘って、人災を食い止めるには〝予防原則〟を無視するべきではなかったと主張した。その黒い法衣の下では、ズボンのサスペンダーもさぞかし緊張しきっていたことだろうと僕は想像した。（「お気づきだったかもしれませんが、サスペンダーをし忘れていましてね」あとからジャン＝マリはそう言った）

そうして、ついに判決の日を迎えた。ほとんど全員に執行猶予が付いたが、その中でただひとり、トンネルの安全管理担当責任者ジェラール・Rだけが禁固六か月の実刑を食らっていた。Rは驚いたように口をぽかんと開け、目を見開いて視線を宙にさまよわせていた。自分は業務に忠実だっただけであり、ほかの被告人や、国や、惨事をもたらしたいまわしい管理体制のすべてが負うべき責任を自分だけが負うのは公正ではないと言いたげな顔つきだった。

判決文の朗読は続いていたが、僕はもう耳を傾けようともせず、ほかのことを考えていた。罰金刑か実刑か、そんなことは問題ではないと思った。裁判のことはもういい。僕はいろいろと思いをめぐらせていった。裁判以外のことならなんでもよかった。春だなあ、ライラックが咲く頃だなあ、と僕は思った。次にスヌーピーを思い浮かべた。それと、イタロ・カルヴィーノ[48]を。そして、フィリックス・ザ・キャット[49]とクエスチョンマークみたいに曲がったしっぽのことも。それから、ティム・バックリィ[50]と十二弦ギターのことを考えた。ロンドン・ライヴの夜。いいじゃないか、何を考えたって。ふと、曖昧なメロディーが頭をよぎった。僕は息子を思った。それに、ピーテル・ブリューゲル（小）[51]の複製画。パウル・クレー[52]のデッサン。遠近法。ばかげた絵。童謡。《間抜けなリフレイン、素朴なリズム》[53]。ホワイトノイズ、ピンクノイズ、歴史の中でひそやかに存在しつづけてきたノイズの数々。涙、そして、人の体内から出るあらゆる液体、唾液、尿、汗、精液。どれもが、ささやかだけれど生きる力だ。僕は恋愛について考えた。セックスのことも。また、ものや存在を結ぶ情というものについても。そう、とくに恋愛について考えてみた。いつも恋をしていたいという気持ち、さらに恋を現在進行形にするむずかしさについて。そういえば、と僕は思い起こした。昔、夜遅くに両親が愛しあっているのを見てしまったことがある。裸の母が父の上におおいかぶさって「ううっ」と声をもらし、ハアハアと激しく息をしている。ふたりの手はお互いの体をまさぐり、愛撫しあっていた。僕は爪先立ちでそっとその場を離れ、二階の自室にこもった。そして、窓辺でたて続けにタバコを何本か喫いながら、両親のことを考えてひとり笑ったのだった。もう夫婦の営みはないものと思っていたのに、ふたりは体を重ねて愛しあっていたではないか。世界には再生する力というものがある。その素晴しさに僕はひたすら感じ入っていた。タバコの煙が青白く光りながら闇の中を立ち昇っていった。煙はいつまでも消えなかった。あのとき、フクロウかコウモリが鳴いていたような気がする。いや、どっちも鳴いていたかもしれない。とにかく、あの晩の僕はあらゆるものから至福を得ていたのだ。嘘ではない。

33

自分に迷いがあるとき、ジャック・ケルアック[54]がうらやましくなることがある。

なにもケルアックのように書きたいわけではない。そのつもりはない。ケルアックの疾走する道《ロード》と僕の行く道《ロード》は違う。それでも、彼のすごく熱くてしなやかなところがうらやましい。自然発露的に書き連ねているところがいい。ケルアックは言わずと知れたやんちゃな男で、職を転々としながら創作を続けた。その作品は実際にあったことを小説化しているものが多い。だが、本人はそれを《事実に演出《アレンジ》を加えた》だけのことだという。ラジオの公開放送でrの音を巻き舌で発音しながら、ケルアックはそう語っていた。

このラジオ・カナダの番組で、ケルアックはライトグレーのシャツを着て腕まくりをし、親指と人差し指でタバコを持って（ケルアックにとって、なによりもタバコは頼みの綱であり、手放そうとはしなかった）、母語のフランス語で記者のインタビューに答えている。むくんだ顔で、睨むような目をしてしきりに頭を動かすケルアックをカメラがとらえている。ケルアックは時おり口もとに皺を寄せてはうっすらと笑いを浮かべ、ローウェルで過した子ども時代や、印刷業を営んでいた父親、姉、幼くして亡くなった兄のジェラールをふり返る。スタジオの観客はケルアックが簡潔で鋭い、それでいて茶目っ気のあるコメントを出すたびに大笑いする。このとき、ケルアックは四十五歳。みんな彼のことが大好きだった。この二年後にケルアックは亡くなる。

《事実に演出《アレンジ》を加える》という表現が僕はものすごく気に入って、すぐに手帳にメモしておいた。いつか使わせてもらいたいと思っている。

34

ある確信を得て、僕はどう書くべきかようやくわかってきた。目の前の靄《もや》がゆっくりと晴れていくような気分だった。自分の理解を越えるもの、予測のつかないものに思いを馳せるとわくわくするものだ。だから自由に脱線しながら書く。それしかないだろう。

きっかけはボルヘス[55]の言葉だった。ボルヘスはきっぱりとこう言っている。《作品にまったく価値がない場合は唯一、作品が書き手の意図どおりに書かれているときだ》

35

そのとき僕はいきあたりばったりに歩いていた。やがて目印にしていたものがだんだんと消えていった。

そう、最近、僕は自分の住む町で道に迷うという経験をした。とても愉快な経験だった。もちろん予期していたわけではない。たとえば自分のポケットの中身や自分の部屋、自分自身のことはちゃんと把握しているものだが、それと同じで、住んでいる町のことは頭に入っているつもりでいた。だから、安心しきって何も考えずにぶらぶらと歩いていたわけだ。しかし、そういうときほど現在地がわからなくなってしまう。その刹那はいつも背後からそっとしのび寄ってくる。そして、流砂のようにゆるゆるじわじわと人を呑みこんでいく。

木曜日の午後のことだった。日没までにはまだ間があり、僕は大通りを歩いていた。この季節にしては暖かすぎる風がゴミや埃をきれいに吹きはらって、通りには何も落ちていなかった。

午前中、たまたま会った人たちが（その中には下唇の端にピアスをした冷凍食品売り場の物憂げな若い女性店員もいた）もっともらしくこれから天気が崩れると言っていたが、なるほど空は怪しげな灰色で、彼らの予報を裏づけているかに見えた。

だが、さしあたって僕はあまり雲行きを気にしなかった。歩道に靴音——イタリア製のオールレザー——が響いている。それだけで満足だった。僕は無心になって、気楽にあてもなく進んだ。ひとりでに足がずんずん前に出る。疲れを知らないピアニストが同じ曲を何度も何度も弾くのと同じで本能的に。つまり、音階練習をしているようなものだ。遠くで削岩機が刻むビートに、僕は歩調を合わせようとした。そうして思考があとからついてくるのを期待したのかもしれない。そうだ、期待していたのだ。削岩機のガンガンとうなる音が鳥のさえずりや公園で子どもらがあげる甲走った声とミックスされる。そこに往来のざわめきや、一瞬ビスコットの咀嚼音かと思ったがなんだかよくわからないカリカリという音が加わった。そのサウンドトラックはあたりの街の画と見事にマッチしていた。僕は何年か前にショッピングセンターに改造された古い駅舎の前を通りかかった。

駅舎の破風の時計は三時一〇分を指していた。僕はグレン・フォード主演の西部劇のタイトルを思い出した。『決断の3時10分』[56]——とはいえ、映画の内容はまったくといっていいほど憶えていない。記憶に残っているのは砂漠を横断する汽車の映像と、ドキドキハラハラのタイムリミット・サスペンスだったということだけだ。今の僕には乗らなくてはならない列車はないし、命を守らなければならない相手もいない。時間にしたって、そんなにあくせくせずにいつまでもゆったりと流れていればいいのにと思う。絵に描いた餅のような再開発の計画があるいっぽうで、その都度現れるがらくたの山。それが無限に繰り返されるのを、そのへん一帯ではよしとしている。僕にはその一帯が永遠に続くひとつの工事現場のように思える。その中で僕はぽつんとひとり取り残されている気がした。

それから僕はコンサートホールのある一画までやってきた。コンサートホールはばかでかい建物で、ＵＦＯのような形をしている。植栽が勢いよく茂り、伸び放題のキヅタや針葉樹がコンクリートの仕切り塀をびっしりと覆いつくしていた。ここは子どもの頃からのお気に入りの場所だった。この建物にはわざとらしさを感じないのに圧倒されるような印象をもつからだと思う。観客としてここを訪れたことは数えるほどしかない。ずいぶん昔の日曜日、ここにライオネル・ハンプトン[57]の公演を聴きにきたことがある。ハンプトンはおもいきり笑顔でヴィブラフォンを演奏していた。また、そのだいぶあとのことだが、キング・クリムゾン[58]のライヴも見ている。なだれ込むような勢いのタムタム、怒涛のギタープレイ、クロムめっきのスツールに腰かけたロバート・フリップ——派手にメンバーを入れ替えたときのライヴだったが、正直、期待外れだった。

歩道から階段を上がると、ホール前の広場に出る。この時間、広場は閑散として、若い男女のカップルがいるだけだった。ふたりとも黒縁の大きな眼鏡をかけていて、目は切れ長だ。背格好は同じくらい、着ているものも似通っていて、双子のように見える。そばを通りかかったとき、女の子のほうがタバコをねだってきた。〝シガレット〟と言うときのｒの音が軽く巻き舌になる。僕は喜んでふたりの近くに腰をかけ、少しおしゃべりでもと思った。だが、やめておいた。何を話したらいいかわからなかったからだ。

その場を離れ、少し行くと、舗石の上に点々とオレンジ色のものが落ちていた。それは踏みつけられた太いフライドポテトだった。それにしては鮮やかすぎる色だったが、フライドポテトには違いなかった。

図書館沿いを歩いてから、僕はその先のショッピングモールに向かった。そして、二階のエントランスから中に入り、プレタポルテのショップを横目にフロアを突っ切った。ショップのウィンドウでは、厚紙でできたヤシの木に囲まれて、夏の新作をまとったグリーンのマネキンたちが腰に手をあててポーズをとっていた。次のシーズンはデニムと生成りがトレンドらしい。

フロアを抜け、外の連絡通路に出る。そこは〈テラス〉と呼ばれ、市民の憩いのスペースにもなっている。〝TERRASSES〟と表示されたゲートのそばでは男女が数人寄り集まってタバコをふかしていた。ショッピングモールに入っている店の従業員たちだ。制服を着ているのでそれとわかる。多くはワッペンのついたマリンブルーとワインカラーの制服だ。彼らの中には頭が地につくくらい体を折って笑い転げている者もいた。タバコに火をつけながら――どうも彼らにつられてしまったようだ――、僕はざらざらした床面に無数の吸殻が踏みつけられてこびりついているのに気づいた。

それからタバコをくわえたままふたたび大通りのほうにもどった。

「自然とは素晴しいものだ」と、僕は胸の中でつぶやいた。

いつだったか、カート・ヴォネガット[59]のSF小説の中からこの言葉を拝借したことがある。僕は温かな湧水に身をゆだね、心地よい流れに運ばれているような気分で歩いていた。その恵みをもたらす流れでは現在と過去が交錯する。誰かも言っていたけれど、僕には

《地球上に世界を嫌う人がいることが想像できなかった》。そして、すっかり安心しきって、この散歩を楽しんでいた。僕はタバコをポンと投げ捨てると、煙をブワーッと吐きだした。煙は渦を巻きながら宙に広がっていった。

そのあと僕はなんとなく最初に出た通りを左に曲がり、さらに次の通りも左へ行った。そうやって四角を描くように進みながら、頭の中では引き返さなければ、と考えていた。たぶんそのときだと思う、方向感覚がなくなったのは。不意に、僕は自分がどこにいるのか、まったくわからなくなってしまったのだ。大通り、小さな街路、交差点、建物、それらのひとつひとつはなんとなく見覚えがあって違和感はない。それなのに、眼前に展開する光景は見たことのないものなのだ。

だが、僕はたいして気にも留めず、それこそわくわくしながら、そのまま足を進めた。とりあえず街角のプレートで通りの名を確認しようとしたが、そもそもプレートがあまり見当たらない。あってもよその地域の通りの名を見ているようで、役に立たなかった。別にいいさ、と僕は思った。通りの名なんてどうでもいい。道に迷ったってかまいやしない。

と、そのときだった。警告を発するように、ぽつんと雨粒が鼻の上で弾けた。僕はジャケットの襟を立てると、小走りに歩いた。

36

いつまでもさまよっていたわけではない。

雨をよけながら、僕はコンサートホールから歩いてすぐの市立図書館に向かった。セキュリティゲートを抜けて館内に入ったとたん、全身にじっとりと汗がにじんだ。僕はローマ入りしたアッシジの聖フランチェスコの一行[60]よろしくホールに立ち、ぐるりとあたりを見回してどこにするか迷ったあげく〝アートと娯楽〟のコーナーを目指した。実際、本のほうはどうでもよくて、読んでいる人のことが気になった。館内ではこのコーナーにいちばん人が集中する。みんながどんなことに関心を寄せているのか、その日常のほんのひとコマをのぞいてみたくて、僕は閲覧者たちのあいだをうろうろした。

窓に面した席で、若い女性がプラスチックの椅子に斜めに腰かけて勉強していた。紫と黄のしましまのタイツにミニスカートを穿き、絡みあわせた異様に細い両腕と両脚が組みひものように見える。床に置いた〈イーストパック〉のリュックに両足を乗っけ、リュックからは折りたたみ傘の柄が見えていた。彼女は何か書きものをしている最中で、左手で分厚いカタログの表紙をしっかりと押さえている。表紙のタイトルは『メランコリー——西洋の才気と狂気——』と読めた。何年か前に僕も行ったことのある展覧会だ。とくに思い出されるのが、暗く沈んだ空気、グラン・パレの照明が落とされた展示会場、そして、ルーカス・クラーナハ（父）[61]の小さな油彩だ。その絵とは有名な『メランコリア』のことなのだが、クラーナハは同じタイトルの作品を何枚も描いている。このメランコリアを題材にとった寓意画は、ゴヤやアルチンボルド[62]の作品にも見られる。

女性はカタログの世界に没頭し、中の文章を延々とルーズリーフに書き写していた。右側には何冊か本が積まれていたが、本のサイズが小さいのと肘の陰になっているのとで、なんの本かはわからない。女性はストレートヘアで、子どもっぽい顔立ちをしている。目の上に髪がひと房垂れかかり、時おり頭を振ってそれを払いのけるのだが、すぐにまた落ちてくる。素っ気ないが、その身のこなしには俗っぽさや下品なところはみじんもない。むしろ堂々として、さばさばしている感じがする。ショートのヘアスタイル、うんうんとうなずくような頭の動き、額に落ちかかる髪のあいだからのぞく目、それらからその印象はさらに強まった。さしずめ女性版ハックルベリー・フィンといったところだろうか。外見的にも、そしてきっと精神的にも溌剌としている彼女の様子は、研究中のテーマの重々しさとはあまりにもかけ離れていた。メランコリーを抱えこんだカタログは、彼女の手の中にあってかえってますます厚く重いものに見えた。

　僕は書架のあいだに隠れるようにして、斜め後ろから彼女のことを観察した。それから、手近なところから最初に目についた本——ピラネージ[63]の分厚い版画集——を手に取って、彼女の隣のテーブルに座った。何ページかめくってみて、僕はこのイタリアの建築家の描く世界に面食らった。平静を装って、あちこち解説を読んでみるが、内容が少しも頭に入ってこない。

僕は思いきって何度か彼女のほうを横目でうかがった。別に話がしたいとか、そんなことを期待していたわけではない。ただ、この瞬間の息を呑むような感動を少しでも長く味わっていたいと思っただけだ。『メランコリー』展のどの作品に、そして、その作品のどんなディテールに彼女は引きつけられているのだろうか。ヒポクラテスの四体液説によれば、黒胆汁が多いほど憂鬱気質《メランコリア》の傾向があるというが、このメランコリーを彼女はどうしようというのか？　リュックからはみ出している折りたたみ傘やサイケな色づかいのタイツとそれとのあいだにどんな関係があるのだろう？　それらすべてが二一世紀の今日という日に彼女の中でどんなふうに融合しているのだろう？

不意に彼女がこちらを向いた。僕の問いかけに答えようとしている。ほんの一瞬だが、僕はそう思った。だが、彼女はこちらをじっと見ているけれど、僕のことを見ているわけではなかった。僕ではなくて、別のところをぼんやりと見つめていたのだった。それから、彼女はふたたびカタログの文章を書き写す作業にもどった。

上空をヘリコプターが通過していた。大きなビルのガラスの壁面にヘリコプターが映っている。ビルの屋上では作業をしている人がいる。けれども、ここから離れているので動いていないように見える。高い場所だから風が強く吹きつけていることだろう。もうずっと前の話になるが、同じような高層ビルのテラスで作業をしたことがある。

あらためて僕は隣の席のほうをちらっと見た。しかし、彼女の姿はそこになかった。傘もルーズリーフも、メランコリーが詰めこまれた分厚いカタログも、彼女のか細い腕によってすでに持ち去られたあとだった。

37

僕がメランコリーに陥っているのも、胸部の痛みがなかなか消えないせいだ。循環器内科の担当医は僕の目を見て、アルコール、コーヒー、タバコ、その他いろいろなものを節制するように命じた。

「とくにタバコはいけません」と医師は念を押す。「禁煙してください」

火曜日の夜のことだった。僕は医師と診察室で向きあっていた。窓の外の景色は闇に沈み、ガラスにふたりの顔が映っている。時計は午後九時をまわっていた。こんなに遅い時間まで診療所に残って、僕みたいな〝期外収縮〟——医師からはそう診断された——を発症した患者の心音を聴いているなんて、この奇特な医師の生活パターンはいったいどうなっているのだろうか、と僕は考えた。

「深刻な病気ではありません。心臓に予想外の収縮が起きて、脈に乱れが生じるのです」医師は言葉を継いだ。「その予想外の収縮によって脈が飛んだように感じられ、そのあと脈は本来のリズムにもどるのですが、そのときに、一瞬ドキンとするわけです。それだけのことですよ」

期外収縮について、医師は嬉々として説明した。そして、心電図を見せて波に乱れが生じている部分を指で示した。どうやらこの人はグラフィックアート好きのようだ。

「なかなかきれいな線を描いていますよ。たいがい期外収縮の患者さんは心臓が止まったような不快感を覚えるものですが、もちろん、それはそう感じられるだけの話です」

まさに僕はそのとおりで、心臓が止まったような感じがすることがある。

「ストレスとか不安を抱えていると、当然、期外収縮が頻繁に起きるようになります。お辛いことがあって、よくお休みになれないとか……」

ひと呼吸おいてから医師は続けた。

「ご不幸があれば、そうなってあたりまえです。ほら、メランコリーは胸が痛むということですからね。悲しみにとらわれると、胸は扉を閉ざしてしまいます。牡蠣が殻を閉じてしまうようにね。気持ちを楽にして心を開放しましょう。深呼吸するといいですよ」

最後に医師は自分の息子に言いきかせるように言った。

「わかりましたか？　やってみましょう。はい、肩の力を抜いて、さあ」

耳に心地よいソフトな声でそう語りかける医師の顔を、僕はあらためて見た。生き生きとした目に豊かな白髪。医師の左側にはヴァザルリのポスター、反対側にはマティスの複製画[64]——ちなみにそれは画家が一九〇四年に発表したエポックメーキング的作品『豪奢、静寂、逸楽』だった——がかかっていた。

38

昨夜の医師の言葉がまだ耳の底で響いていた。僕はいつものブラッスリーに行き、テラス席に座った。その店は角地にありながらそれほど奥行きはない。実際のところ、似たような感じの店はほかにもたくさんあるのだが、個性がない、つまりノーブランドの店だからこそ僕はそこを行きつけにしている。腰を落ちつけると、僕はリラックスしようと努めた。脚を組むのをやめ、右手はぶらぶらさせて、左手でカップを持ち、カフェインレスのコーヒーをできるだけ時間をかけてすする。ふと、僕は『北北西に進路を取れ[65]』が参考になるのではないか、と思った。いや、参考とはなんの参考なのか？　なぜ『北北西に進路を取れ』なのか？　記憶というのは移ろいやすくて猫のように気まぐれだ。『北北西に進路を取れ』は最後に見たのが数年前のことで、いろいろな場面が頭の中でごっちゃになっている。

かつて、まだ二一世紀になっていなかった頃、『北北西に進路を取れ』は僕のお気に入りの映画の一本で、何度も繰り返し観たものだった。僕たち家族はこの映画のすべてが好きだった。グリーンの背景に無数の直線が現れ、縦横に伸びて交差するオープニングタイトル、バーナード・ハーマンの音楽、真上から撮った国連ビル、ケーリー・グラント演じるスーツ姿の行動的な主人公。とくに目が離せなかったのはディテールの表現だ。ぴかぴかのバスの車体に映りこんだ通りの様子、食堂車のメニューのデザイン、タンクローリーに激突した複葉機を包む火炎、白い肌につややかなブロンドの女優エヴァ・マリー・セイントがつまみあげた、紙マッチのカバーの光沢。そのほとんどが画面から一瞬で消えてしまうなんでもないような映像なのだが、いつもそのシーンに差しかかると、テープを巻きもどしてもう一度観たくなるのだ。『北北西に進路を取れ』は僕たちの参考書だった。メタファーにも利用したし、名鑑のようなものだった。世界について考えるときの基準になったのが『北北西に進路を取れ』だった。ジョージ・キャプランという名の男と間違えられたロジャー・ソーンヒル（ケーリー・グラント）は、自分の身に何が起きたのかわからないまま追っ手を逃れ、アメリカ大陸を東から西へと横断する。もちろん直感をたよりに行動し、ぎりぎりのところで命拾いをする。だが、あれでは命がいくつあっても足りないだろう。本気で死にたくないと思っているのか？ 観ているほうはハラハラさせられる。わけもわからず逃げるために逃げる。未来に向かってやみくもに逃げる。そんな逃亡スタイルがおもしろかった。こんなのは観たことがないと思った。何がここまで僕たちを興奮させたのかうまく言えないが、アルフレッド・ヒッチコックの映画は、僕たちがひそかに抱くエスケープの願望をそれなりに満たしてくれているのではないだろうか。この作品は、地平線のはるか彼方、迷いこんだ余所の空間で過去と未来が融合する可能性を僕たちの目の前で実現してみせたのだ。だからまた観たくなるのだ。

コーヒーが冷めかけていた。残りを飲み干してしまうと、僕はお代わりをしようか迷った。カフェインレスは苦みがあるだけで味がなく、まったくいただけないのだ。

昼にはまだ早かった。

僕は周囲の客たちを見た。ほとんどの席はひとり客だ。ほかにアジア人の夫妻がいる。中国人かベトナム人かわからない。年齢は六十代か七十代といったところだろうか。顔に疲労の色をにじませているが、人生の重荷を下ろして、のんびりと暮らしているように見える。よくこの店で見かけるので、そのうち互いに軽く会釈して挨拶を交わすようになった。夫妻はベビーカーに乗せた孫娘を連れていた。ベビーカーのグリーンの日よけにはマクラーレンの白いマークがプリントされている。孫がパン・オ・ショコラをほおばり、夫妻はそれを楽しそうに見ている。男性のほうは、いつものようにグラスに四分の一ほど赤ワインを丁寧についではちびちびと飲んでいる。そして、長めの髪も、いつものように頭の後ろでひとつに縛っている。

そういえば、母はケーリー・グラントのことを「ゲーリー・クラント」と言っていた。ごひいきの俳優のひとり、ゲイリー・クーパーに似ていなくもない。イニシャルがひっくり返っているのが可笑しかったが、母はほかにも何人かの俳優や映画監督のことを姓と名のイニシャルを逆にして覚えていた。それを家族の誰かがちょっとからかって指摘すると、母はそんなことはないと言い張って、自分の思い違いを認めようとしなかった。昔はね、フランスではみんな「ゲーリー・クラント」って言っていたのよ。何年経っても母は自説を曲げようとしなかった。母にとっては、訂正する理由がないのだった。「だって、ケーリーよりゲーリーのほうがずっといいじゃない？　でしょ？」

『北北西に進路を取れ』の英語のオリジナル版は見たことがない。フランス語版ではコメディアン俳優のミシェル・ルーがケーリー・グラントの吹き替えをしていた。ミシェル・ルーは『パーティー』のピーター・セラーズ[66]やテレビドラマ『ダンディ2　華麗な冒険』

のトニー・カーティス[67]のアテレコも担当している。ミシェル・ルーの声はヒッチコックのサスペンスの主人公を演じるには少々うるさいのもしれない。しかし、彼の声——甲高くて、おどけていて、人懐っこくて、少し気取った声——があったからこそ、僕はこの作品をとても楽しめたのだった。

頭が疲れてきて、僕はぼんやりとコーヒーをお代わりしようかと考えた。ウェイトレスに向かって手で合図したが、こちらに気づいてくれない。それとも、気づかないふりをしているのだろうか。隣席のアジア人の男性が口をすぼめてちょっと笑った。なじみの客同士の仲間意識かもしれない。すると次の瞬間、どんな魔法がかかったのか、ウェイトレスが僕の席の前に来た——茶色のショートヘアで、目にはばっちりメイクを施し、ゴシックスタイルのぴちぴちのTシャツを着ている。僕が口を開く前に、彼女は申し訳ないのですが、と言った。カフェインレスのコーヒーを切らしてしまったんですけど、どうされます？
ウェイトレスの視線はテラス席のはるか彼方をさまよっていた。まあ、たしかにいい天気ではある。

僕はノーマルのコーヒーを頼んだ。険しい山道を選択してしまった気がする。カップの上にふっと医師の顔が浮かんだ。僕はタバコに火をつけた。

いつ頃からだろう。この映画を観なくなってしまったのは。実のところ、『北北西に進路を取れ』への熱は徐々に冷めてきていた。相変わらず、お気に入りの映画ベストテンの中には入っていたが、はっきりいえば、もう感情移入するほどではなくなっていた。たぶん、観すぎてしまったのだと思う。どんなに好きでも、過ぎればさすがに食傷もする。名場面ですらあざとく思えた。仕掛けにしてもできすぎのような気がする。ケーリー・グラントにいたっては、翻弄されすぎ、捨て身になりすぎ、逃げ回ってばかりだ。アルフレッド・ヒッチコックにはいささか腹が立った。なりゆき任せの登場人物がいつも何かに巻きこまれるという、ずるいくらい巧みなその手法。そして、画の美しさ。それらが僕には腹立たしい。なぜ、主人公を何度も執拗に命からがらの目に遭わせる[68]のだ？ そんな必要があったのか？　思わせぶりなラストシーンの続きはどうなる？　ケーリー・グラントは、木陰に座って待つこともできたはずではないか？　へたに動かず、何も望まず、少しくらい待ってみてもよかったのではないか？

39

僕は『北北西に進路を取れ』のビデオソフトを買ってきて、プロジェクターでリビングの壁に映してみた。リビングがたちまちシアターに早変わりした。壁のクロスの織り目がところどころに見えていた。

この映画を観て、息子はどんな反応を見せるだろうか。僕は息子と並んで座り、真ん中にヴィネガー味のポテトチップスの袋を置いてかわるがわるつまんだ。

ラストシーンにさしかかった。

エヴァ・マリー・セイントとケーリー・グラントがラシュモア山の四人の大統領の巨大彫刻がある断崖にしがみついている。

ケーリー・グラントが手を伸ばす。

ふたりの手がつながれる。

男「しっかりつかまれ！」

女「もうだめ」

男「大丈夫だ、がんばれ！」

女（やるせなく）「ねえ、お願い」

男（甘い声で）「さあ、おいで」


ふたりは無事である。

巧妙に画面が切り替わり、寝台車の中の場面となる。ケーリー・グラントが女性をベッドに引きあげてやる。

ラストカットで、ハネムーン中のふたりを乗せた列車がトンネルの中へと入っていく。

40

トンネル内の事故はチリでも起きていた。

二〇一〇年八月、サンホセ鉱山の坑道で落盤事故が発生し、三十三名の作業員が中に閉じこめられた。厳密に言うと、地下六百二十二メートルのあたりだ。

事故から数日が経ち、作業員たちの生還はほぼ絶望的とみられた。それでも、救助隊が坑内の作業員との接触を図ったところ、小さな紙切れに書かれたメッセージを発見する。間もなく坑内の作業員のもとには食糧や医薬品が届けられた。いっぽうで、彼らを救出するための穴が掘り進められていた。直径五十三センチの救出カプセル――ジュール・ヴェルヌの小説に勝るとも劣らない装置だ——に作業員を一人ずつ乗せて引きあげるという算段だった。そして、ついに作業員たちは二か月以上にわたる地下生活から解放されることになる。「絶対に見捨てない」というチリ大統領の言葉に嘘はなかった。「救出作業は史上例を見ないものだった」作業員全員が奇跡の生還を果たした。生還した三十三名——のちに彼らは〈The33〉と呼ばれるようになる——は、ギリシャ、スペインなど世界の国々に招かれた。スペインのプロサッカーチーム〈レアル・マドリード〉からは観戦ツアー招待の申し出があり、ある資産家などはそれぞれに一万ドルの小切手をプレゼントしたそうだ。

僕はカフェにいた。テーブルに置いた新聞には《チリ鉱山の作業員、窮地《トンネル》を脱する》の見出しが躍っている。

見開きの特集記事は、《三十三名の自宅前にはそれぞれ、マスコミ各社のカメラ数十台が一躍世界的な英雄となった男たちの第一声をとらえようと待ち構えていた》という一文で締めくくられていた。

41

以前、ヴィム・ヴェンダース[69]監督がインタビューで、映画に関する最初の思い出について、というよりは、初めて撮ったフィルムの思い出について語っていた。

記憶の糸をたぐるように、監督は少年時代を振り返る。ある日の午後、ヴェンダース少年は自宅のリビングの窓の前にいた。手にしていたのは父親からもらった八ミリカメラである。ヴェンダース少年はごく自然にカメラを回しはじめ、目の前の通りの様子を撮影した。行き交う人や車、何事もなく流れていく平板な日常の時間。自分の前で繰り広げられていることは、まぎれもない事実として少年の目に映った。ヴェンダース少年はフィルムが終わるまで回しつづけた。だって、それ以外に考えられなかったからね、と監督は回想する。カメラが回っていた三分は永遠の三分となった。

父親が部屋に入ってきて、少年に何をしているのかと尋ねた。

「えっとね、通りを撮っているんだ」少年は少し気まずい思いで答える。

「そうか」と、父が言う。「で、それは何かの役に立つのかい?」

それから三十年が経ち、意欲的に挑戦を続けてきたヴィム・ヴェンダース監督だが、それでもなお、あのときの父親の質問の答えを見つけられずにいるという。

42

すべてを記録すれば、すべてを語ったことになるのだろうか？

最近、たまたまアニー・エルノー[70]のこんな言葉を見かけた。《私が惹かれるのは現実に起きたことです。書くときには、事実を最初から最後までありていに述べる、もっというなら、真実を執拗なまでに追い求め、その場所に立ち返らなければなりません。どんなささいな作り話も一切なしです。もちろん、真実は探し求めるものであり、けっして見つかるものではありません。それでも、マルクスの言葉を借りるならば、この真実を探す手だてこそが真実の一部なのです》

疑念を残したくない。事故についてははっきりさせたい。

僕は区の図書館へ行くと、書架からアニー・エルノーの日記『La Vie extérieure（外の世界の生活）1993-1999』を抜きだした。急いで一九九九年三月二四日のページを開く。この日にあった出来事の中で、何が作家の印象に強く残ったのか、それが知りたい。僕は食い入るように文字を追った。だが、トンネルの火災事故については何も触れられていない。その先の二六日のページも確かめてみる。そこにも事故に関する記述はない。それでも、ラジオとかテレビからいろいろとニュースが耳に入ってきてはいるらしく、二七日には、NATOがコソヴォでの民族紛争への〝介入〟に踏み切った、とある。《いつものことながら、そんな権利がどこにあるのかという感じ。ベオグラードを旅した夜、共和国広場、真っ黒なコーヒーを思い出す》

さらに読み進めると、四月六日にはこんな記述がある。《連夜のごとくベオグラードと周辺の市街地に爆弾が降り注いでいる》

作家の眼中にあるのはバルカン半島で勃発した武力衝突であり、それに混じって、復活祭だとか海辺のテラスだとかパリにもどってくる際の渋滞だとか、身辺の話が登場する。日記のネタとしてはごくあたりまえの話題だ。けれども、そこにモンブランについての話題はひと言もなかった。

ひょいと視線を横にずらすと、アニー・エルノーの本と同じ棚に別の作家の日記があった。ピエール・ベルグニウ[71]の日記で、つつましやかに『Carnet de notes,（雑記帖）1991-2000』というタイトルがついている。こちらの日記も確かめてみたい。当時、この日記には何が記録されたのか。

一九九九年三月二四日のページ。《ラジオを聴きながら――NATOがセルビアの問題に介入するらしい――ひとりで夕食をとっていると、ドアの開く音がした。カティだった。マドリードからもどってきたのだ。軽く足をひきずっている。私は驚いてあたふたした。予定では妻の帰宅は明日になっていた》

そのあとは、思い違いがきっかけで、奥さんのカティがくるぶしをくじくにいたったその経緯が書かれている。電話のコンセントが抜けていたという不注意から始まり、困ったことがドミノ倒しのように起きていく。

《私は頭の中ですべてを振り返ってみた》とベルグニウは綴っている。《過ぎたことを蒸し返してもしかたない。だが、いっぽうで心配性の私が心配するのはあたりまえのことだと思う。すぐに過ちを指摘したがる人がいたおかげで気をつけていたから、ミスを最小限にとどめることができたのだ》

二冊の日記をもとの場所にもどしつつ、僕は自問した。つねにさまざまな文脈で剥きだしにされる真実について、どう考えればいいだろうか。バルカン半島、マドリード、ノルマンディーの海岸。それらの場所から遠く離れたところで起きていたあの悲劇、僕の家族を引き裂いた悲惨な事故は、ふたりの作家にとって日記に書き留めておくほどのことではなかったのだ。それを僕がとやかくいうべきではない。めいめいが思い思いに書けることを書く、それが日記というものだ。

43

旅のよき道づれとして選ぶなら、やはり文学が一番だろう。

僕はボルヘスとともに在来線のジュネーヴ行きの快速列車のシートに座っていた。ジュネーヴはボルヘスのよく知る町だ。かつてこの地で学んでいたことがあるからだ。ついでにいうなら、ボルヘスは思惑どおりこの地で死を迎えている。プランパレのロワ墓地にあるボルヘスの墓は、荒削りの石碑がこんもりと盛られた土に立つ素朴なもので、表面に謎めいた文字が刻まれている。

「あれはノルド語だ」とボルヘスがささやく。

今朝リヨンで乗車する際に、僕はボルヘスに窓側の席をゆずった。最初、ボルヘスは景色を楽しむことはないのだからと言って遠慮していたが、けっきょく、日当たりがよくて暖かいと知ると、その席に落ち着いたのだった。陽の光がそのやせて尖った顔の陰影を際だたせ、いっそう彫りの深いものにしている。ボルヘスは不自由な目を前の座席の背もたれにじっと向けていた。

僕は持ってきたボルヘスの詩撰集[72]を取りだし、たまたま開いたページを声に出して読んでみた。「すべての詩に求められるものは二つ。正確に伝わること。そして、海辺にいるときのような臨場感」

ボルヘスはふむ、ふむとうなずく。

僕は続けた。「遠く町はずれに夕日が無言の戦闘を交える、いにしえより敗北を繰りかえしてきた空の戦いだ……」

続きをボルヘスが引きとる。「……宇宙の空漠の彼方から僕らに届く荒廃した夜明け。ああ、たしかに私が書いたものだ。一九二二年だったと思うが、書きつけをどこかへやってしまってね。もう昔のことだよ。いずれにしても、いささか芝居がかっているな。そうは思わないかね？」

僕に答えさせる前に、ボルヘスはつけ加えた。「ほら、私は過去には興味をそそられないからね。興味があるのは、過去が波のように打ち返し、われわれのいる現在を生き生きと還流しているときだけだ」

列車は次々と小さな駅を通過していった。今どのあたりを走っているのか、ボルヘスはちょくちょく訊いてきた。そして、僕が答えると、復唱するように口ずさんだ。「アンベリュー＝アン＝ビュジェ」……「キュロズ」……「ベルガルド……ベルガルドという地名には、何かそそられるものがある。実体があるようでいて、ないような。[73] ベルガルドをテーマに、本が一冊書けそうだよ。ほら、エマニュエル・ボーヴが〈ベコン＝レ＝ブリュイエール〉という町について、素晴しい作品を残したみたいにね[74]」

それから、ボルヘスはボーヴの短編の冒頭をそらんじた。「ベコン＝レ＝ブリュイエール行きの切符も、どこかの町へ行くときに買う切符と変わりない。フランスで最初に切符が発行された当時のままの、あの形をしている」

僕たちの隣の座席では、若い女性が体を縮めるようにして眠っていた。僕はボルヘスにそれとなく、ステッチの入った革のブーツを履いていて脚のすらりとした女の子だ、と教えてあげた。ボルヘスはにっこりした。

列車がベルガルドの駅に入っていくと、女性は目を覚まし、伸びをして降りる準備をした。セーターの下には何もつけていないことが見てとれた。女性は耳栓を外し、大きなスーツケースを抱えて通路を歩いていった。

ボルヘスが冗談めかして言った。「いやいや、ベルガルドの町を彼女とふたりで歩いたら、われわれはさぞかしちぐはぐなカップルに見えるだろうね。ちょっと想像してみたまえよ。盲目の老人と耳栓をした若い美女が連れ立って歩いているところを。そうしたら、あとはふたりに何が残るかね。口か、手か?」

自分でも想像して恥ずかしくなったらしく、ボルヘスは顔を赤らめた。

両側の窓を田園の景色が流れていく。変電所、灰色の建物、ビーツ畑、冴え冴えとしたほんものの空。メタファーなど必要ない。

ジュネーヴに着くと、僕はボルヘスに腕を貸しプランパレ広場の中を進んだ。広場では蚤の市が開かれていた。屋台のあいだをすり抜け、左に折れて両側にビルがずらりと並ぶ通りに入る。

ゆっくり歩きながら、僕はボルヘスに自分がときどき気まぐれにやっているお遊びについて話した。そのお遊びというのは、世界中の作家たちの埋葬地を書きだして、僕の住むリヨンからどれくらい離れているかそこまでの距離を測るというものだ。まあ酔狂な趣味とも言えるだろう。説明がてら、僕はポケットから自分で作った表を取りだして読みあげた。

〈作家名〉[75]	〈終《つい》の棲家〉	〈リヨンからの距離〉
ホルヘ・ルイス・ボルヘス	スイス、ジュネーヴ	一一二キロ
レーモン・ルーセル	フランス、パリ	四一六キロ

ジョルジュ・ペレック	フランス、パリ	四一六キロ
ルネ・ドーマル	フランス、パリ	四一六キロ
ファン・ロドルフォ・ウィルコック	イタリア、ローマ	七二四キロ
ルイス・キャロル	イギリス、ロンドン	七五八キロ
フランツ・カフカ	チェコ、プラハ	八五〇キロ
フェルナンド・ペソア	ポルトガル、リスボン	一三八〇キロ
エドガー・アラン・ポー	アメリカ、ボルチモア	六四四〇キロ
フランシス・スコット・フィッツジェラルド	アメリカ、ロックビル	七三二一キロ
ジャック・ロンドン	アメリカ、グレンエレン	九三二〇キロ
リチャード・ブローティガン	アメリカ、ボリナス	九三九五キロ
レイモンド・チャンドラー	アメリカ、サンディエゴ	九五七二キロ
小林一茶	日本、長野	九八二七キロ
ロバート・ルイス・スティーヴンソン	サモア、バイリマ	一六四七五キロ

僕は少し気持ちがうわずっていたのかもしれない。いや、それはともかく、僕のやっていることにボルヘスが食指を動かすといいと思った。

「これは〝終の棲家〟と言ってもいいでしょう」僕が切りだす。

「ああ。もしくは〝居場所〟だ」ボルヘスが言い返す。そこに彼の意地を感じた。

突然、僕は腕を引っぱられた。ボルヘスが一軒の菓子店の前で足を止めたのだ。ウィンドウにはエクレアやトレスやメルヴェイユなど[76]、いろいろな形の焼き菓子が並んでいる。一瞬、僕はボルヘスが品定めをしているのかと思った。

「たしかに、おもしろいことを思いついたね。だが、われわれの関係において、それがなんの役に立つかな?」

ボルヘスにそう問われて、僕はぐっと詰まってしまった。

頭の中でいくつもの思いがひしめきあっていた。そして、急にきまりが悪くなった。自分はなんて能天気なのか。情けない。ただボルヘスにはちょっと釈明したかった。僕には作家たちの体がどこかにあると想像することが必要だったのだ。作家の紙の上での存在性と、まぎれもなく世界のどこかに眠っているその肉体の実在性とのあいだには、どれほどの隔たりがあるのか。それを考える必要があったのだ。だが、ボルヘスやペソア、ペレック、またはフロベールについて語るとき、僕たちが頭に思い描いているのはどんな姿の作家なのだろう。作家たちの実像はテクストという粒子の中ですり減らされているではないか。それに、生にしても、死にしても、別に特殊なものでもなんでもない。こうあるべきというものでもない。違うだろうか？　ここへきて僕はやっと自分のしていることが不毛であることに気づいた。その行為が空しいからこそ僕は困惑しているのだが、それ以上にその空しさに僕は惹かれているのかもしれない。

「気持ちはよくわかる」不意にボルヘスがやさしく言った。どうやら僕の胸のうちはすべてお見通しだったようだ。「よくいわれることだが、死についてもっとも語ることができる人間は、すでに死んでいる人間だからね」

僕たちはロワ墓地の入口までやってきた。ボルヘスは僕の肩に手を置き、ぽんぽんとやさしくたたいた。「いいかな、若い人。世界は広い。違うかね？　きみに言葉をかけるとしたら、そうだな、自分の世界を広げることだ。世界の広さを体感しなさい。すぐにでも外の世界に踏みだすといい。人生とめぐりあえたのなら、人生を待たせてはいけない」

そう言って、ボルヘスはもう一度僕の肩をたたいてから、ふっと息を吐いた。「さて、そろそろ私は行くとしよう」

ボルヘスは墓地の門を通り抜けると、そのまま奥に続く道を歩いていった。一月の陽光を受け、灰色の後ろ姿が遠ざかっていく。頭を軽く振りながら、ゆっくりと一歩ごとに足もとを確かめるようにして歩を進めるその背中を、僕はしばらく眺めていた。

44

そうだ、世界は広い。それに、たえず変化している。ボルヘスの言葉は雷のように脳天を直撃し、僕を三十年前の昔に送り返した。

僕は十七歳だった。僕の住む地区をまわっていた郵便配達員も、同じくらいの年齢だった。僕より少しだけ年上だったと思う。その配達員の青年はむっつりしていて髪はぼうぼう、ひげもろくに剃っていなかった。青年の母親も同じ職場にいて、就職した息子には郵便の仕事を好きになってもらいたいと思っていたらしい。

青年はいつも投げやりな様子でミニバイクにまたがって配達ルートを回っていた。いやいや仕事をしていることがはっきり見てとれたが、さほど悪い印象はなかった。青年は挨拶がわりに愚痴をこぼすくらいであとは何も話さなかったけれど、僕はうすうす何か変だと感じていた。

やがて、ある日をさかいに青年はぱたりと姿を見せなくなった。それきり青年のことを見かけた人はいない。どうも仕事を放りだして、自分の好きなことを始めたらしいという噂だった。おかしいかもしれないが、もう青年に会えないかと思うと、正直、僕はさびしさを覚えた。

そのあくる年、僕の母が郵便局に呼ばれ、局長からひもでくくった分厚い郵便物の束を渡された。郵便物は黄ばんで波打ち、かなり水に浸かっていたような印象があった。

局長は弱りきったように、衝撃的な事実を母に話した。例の行方をくらました青年だが、実は、配達中にその日の配達分の一部をローヌ川に捨てていたというのだ。しかも、それを何か月も、毎日のように続けていたらしい。捨てられた郵便物は人知れず川を下り、数キロ先まで流れてきたところでやっと発見されたそうだ。

局長の話では、青年の母親は打ちひしがれていたという。

僕は草の上にねそべってタバコをくわえ、腕枕をしながらぼんやりと考えていた。三十年経ってもなお、青年の姿がはっきりと目に浮かぶ。そのいっぽうで、僕は手紙が何通も川面を漂っているさまを思い浮かべた。正午の空の下、手紙たちはゆったりと流れ去っていく。遠くでサイレンの鳴るのが聞こえた。

45

スペインの作家エンリーケ・ビラ＝マタスも言っているが、小説同様、人生にはつねに笑いと涙が混在する。[77] 両者は表裏一体で、人は笑いが涙に転じたり、涙が笑いに転じたり、めまぐるしく変化する中で生きていく。いずれにしろ、なんでも笑いに変えてしまうほうがいい。

《時としてユーモアは唯一、万国共通の感覚として真価を発揮する》とビラ＝マタスは語る。[78]

また、ビラ＝マタスは、メルヴィル[79]の『白鯨』の登場人物のこんな独白も引いている。《こ

の先どうなっちまうかはわからんが、笑いのめして行くまでよ》

46

ビラ＝マタスはこんなことも言っている。《いうまでもなく、誰かが死んでも依然として存在し続けるものがある。たとえばそれは、太陽や、水の流れや、風にそよぐ葉むらのささやきだ。そして、この世で生き続ける命も。もうこの世を見ることのできない目は命から次第に遠ざかる。いうまでもなく、この世で生き続ける命ほど人の死を明らかにするものはない》[80]

47

それはオーソン・ウェルズがリタ・ヘイワース[81]と結婚した年だった。

この年、一九四三年の冬、北半球は大寒波に見舞われる。このときの厳しい寒さは、当時五歳だった母にとってても長く忘れられないものとなったようだ。

母の父親、つまり僕の祖父は名をルイジといった。ある晩、祖父は自転車で家へ帰る途中、トラックと接触してしまう。通りかかった人たちが祖父を助け起こしてくれた。祖父は胸を押さえながら大丈夫だと言った。そして、自転車を引きずってそろそろと歩きながら家にもどった。

祖父は上背のあるほうで、頬骨が高く、髪をきれいに後ろに撫でつけていた。祖母は祖父にぞっこんだったらしい。だが、双方の家族に結婚を反対され、祖父は祖母と駆け落ちをしてしまったと、そう聞いている。財産もプッリャ州の広大なブドウ畑やオリーヴ畑も諦めることになったそうだ。僕はたびたびふたりの逃避行のシーンを想像した。とっぷりと日が暮れてから、荒れ狂う天候の中をふたりが逃げていくところだ。フランスに着くと、祖父は新たな職を得た。石材を加工して階段や暖炉や墓石をつくる石工の仕事だった。
交通事故に遭ってから間もなく、祖父は肺に合併症を起こし、それがもとで亡くなった。あとには息子が三人と娘がひとり残された。

*

この年の母の写真がわずかに残っている。写真の母は膝に継ぎの当たったタイツを穿き、厚手の毛織物の服を何枚も着こんでいて、顔には悲しげな表情を浮かべている。

母は犬を一匹飼っていた。ピレネー地方の牧羊犬で、とてもかわいがっていたらしい。だが、名前はなんといっただろう。もう憶えていない。ということは、ひょっとすると母の犬ではなかったのかもしれない。

学校を卒業すると、母は速記タイプ（人がしゃべるのと同じ速度で発言内容をタイピングする技術）を習得した。母は自分に自信がもてなかった。自分の名前が嫌いで——イルマ、マダム・イルマ！なんて呼ばれるとぞっとするのよ——、自分の鼻も嫌いだった。長すぎると思いこんでいたのだ。本人にその自覚はなかったようだが、母はとてもきれいだった。十七歳の頃には、マリア・カラス[82]に似ているといわれたこともあるらしい。

一時期、母はとある養成所で秘書として働いていた。職場には、毎朝原動機付き自転車《ヴェロソレックス》に乗って通ったそうだ。

次に母は町に一軒しかない映画館の案内係の仕事についた。映画館はジャン＝ジョレス広場の民衆の家[83]の真向かいにあった。父と出会ったのは、その映画館である。母は父の形のきれいな手に心ひかれたという。ふたりが語っていた思い出話には、たびたび『風と共に去りぬ』や『黄金の腕』『走り来る人々』といった映画[84]の名場面が登場したものだった。

両親は一九六〇年六月一日に結婚式を挙げた。その日は大雨だったそうだ。記念写真の中の母は微笑んでいる。写真ではわからないが、このとき母は妊娠三か月だった。

僕が持っている紙焼き写真には、写真屋による〝PREUVE SANS RETOUCHES（無修整）〟の文字が斜めに入っている。

48

僕は幾度となく考えた。その気になれば、父はトンネルを脱け出せたのではないだろうか。そうできる体力が父にはあった。車を乗り捨てて五百メートルも進むことができたのだ。残りの百五十メートルだって、そのまま突き進めばいい。そのままどこまでも、出口のあるところまで歩きつづければよかったのだ。歩幅だって、父は誰にも負けないくらい大股で歩いていたではないか。何をおいても助かりたいという思いがきっと父の頭をよぎったはずだ。体のほうも間違いなくその思いに突き動かされていたに決まっている。切羽詰まれば、脳が命じるより先に足が勝手に動いてしまうものだ。そう、僕には父の姿が見えるような気がした。両腕を振って、つきまとう煙を払う父の姿が。煙が渦を巻きながら追いかけてきて、すぐにも父を呑みこもうとする。だが、父は呑みこまれない。煙はスローモーションのように優雅な動きを見せながらカールして切りたつ波となり、その中を父はサーファーのように滑りぬけていく。

しかし、自分が助かるためには、母のことを置いていかねばならない。

この日、風がイタリア側からフランス側に向かって強く吹いていて、炎と煙は勢いを増すばかりだった。煙のスピードが勝り、両親は煙に呑みこまれていく。やはりサーファーどころの沙汰ではなかったのだ。

49

決着をつけるべく、僕はジュネーヴに向かう高速道路に乗った。時刻は午前九時をまわっていた。

アンヌマスのジャンクションでシャモニー方面の道に入る。

途中、〈アジップ〉のガソリンスタンドに寄った。太陽はまだ低く、計量機を斜めから照らしている。僕はコーヒーの自動販売機にコインを入れ、湯気の立つカップを手にすると、売店の中を見てまわった。店内は笑顔の若い女性店員がひとりいるだけだ。客は僕しかいない。ＤＶＤや雑誌のコーナーのそばに地図の棚があった。ＩＧＮ（フランス国土地理院）の地図が地域別に並べられている。モンブラン周辺の地図はすぐに見つかった。僕はそれを手に取って、買っていこうかどうしようか迷った。地図があれば現地に着いてから何かと便利かもしれない。だが、迷ったあげく地図は棚にもどし、アーモンド、クルミ、レーズン入りのドライフルーツミックスの袋を買うだけにしておいた。

ハンドルを握ると、僕はモンブランに向けて出発した。ドライフルーツは運転の合間につまんだ。

ハンドルを握りながら、僕は山を越える方法を考えた。方法ならいくつかある。登って越えるか、迂回するか、真ん中を突きぬけていくか。

ハンドルを握りながら、僕はルネ・ドーマルの類推の山[85]に思いを馳せた。ドーマルは同名のタイトルの小説で、ユーモアたっぷりに《神秘》の山が実在すると明かしている。その山は地球上で知られているどの山よりも高く、《地を天に結ぶ道》である。だが、その山を擁する島は目に見えない。空間のゆがみが光を湾曲させ、磁石を狂わせるので、船で近づこうとしても近づけないという。小説では、この到達しがたい場所に到達するための遠征に乗りだすさまが詳しく述べられている。もちろん、ドーマルの語る山とは心で見る山であり、小説冒頭の表現を借りれば《非ユークリッド的、かつ象徴としてまぎれもなく存在する》場所である。さらに、ドーマルはこんな言葉を残している。《高所は低所を知っており、低所は高所を知らない》

ハンドルを握りながら、僕は考えた。もう何年も前から、僕にとってモンブランは類推の山、虚構の世界の恐ろしい山になっていた。克服できないくらいなら、徹底的に無視したほうがいい山だった。

＊

つづら折りの道を走り抜けてトンネルの手前まで来たときには、一一時になろうとしていた。僕は砂利敷きの広い駐車場に車をとめた。そこからは頂上より山肌を伝って落ちてくる滝を見あげることができる。だが、山頂までは見えない。山に近すぎるのだ。車を降りてドアを閉めると、警官が近寄ってきてどこへ行くのかと尋ねた。ただそのへんをぶらぶらして写真を撮るだけだと答えたら、警官はまじまじと僕を見て、それからどうぞというジェスチャーをして離れていった。身構えるほどのことではなかった。

まず、僕はトンネルとは反対のほうに歩いてみた。防護柵伝いに歩道を行くと、いくらもしないうちに歩道の幅が狭まってきた。それ以上進まないほうが無難に思われた。すぐ横にはトラックの長い行列ができていた。トラックはサーモグラフィによる検査装置のゲートを通過することになっていて、その順番待ちの列らしい。ディーゼルエンジンのガラガラ音と熱がこちらまで伝わってくる。ドライバーたちの中には、運転席を降りて外で一服している者もいた。

僕は歩道を引き返し、トンネルに向かった。トンネルはぽっかり口を開け、呆けたようにこちらを見ていた。間がもたなくなって、僕は右に左にカメラを向けた。青い空、税関の建物、標識、係員……と、適当に写真を撮ってみる。

それから、行けるところまで行った。歩道が終わり、その先は車道が広がっている。トンネルの口はすぐそこだ。ひっきりなしに車がそこから吐きだされる。あるいは中に呑みこまれていく。あたりにはなんともいえない匂いが漂っている。排気ガスの臭気に魚の生臭さが混ざったような匂いだ。しばらく僕はその場に佇んでいた。

そして、僕は見切りをつけた。これ以上ここにいてもしかたがない。

そう思ったとたん、宇宙空間で天体衝突でも起きたような衝撃波が僕の中で静かに広がっていった。突然、モンブランやトンネルなど別にどうでもよくなった。徒歩でも馬でも車でも、トンネルを抜けモンブランを越えることは、自分にとってそんなに意味のあることなのか？　いや、意味なんてない。むこうが僕を忘れるとき、それは僕がむこうを忘れるときだ。

僕は彼らに背を向けた。

＊

トンネルからしばらく下っていったところで、僕はふたたび車をとめた。そこには火災事故で亡くなった犠牲者をしのぶ慰霊碑が建てられていた。事故以来、このあたりは一度も訪れたことがなかったし、この慰霊碑も今日初めて目にするものだった。慰霊碑のある一画はきれいに整備されていて、道路の利用者が休憩できるようにコンクリートのテーブルと椅子までしつらえてある。すでに先客がいた。キャンピングカーが一台とまっていて、テーブルで三人がサンドウィッチとポテトチップスの昼食をとっている。はるばるここまでやってきたらしい。キャンピングカーはオランダのナンバープレートだ。慰霊碑のほうへ歩いていくとき、彼らと互いに目が合った。

慰霊碑はモダンなデザインだった。モンブランを模した石柱の表面に金属の棒が光線のように放射状に配されている。足もとの黒い大理石の石板には、三十九名の犠牲者の名前がアルファベット順に刻まれていた。僕の両親の名は列の最後にあった。

ふと僕は背中に視線を感じた。先ほどの三人がこちらをじっと見ているのだ。はてさて、どんなふうに黙祷を捧げたものか。いや、そもそも自分はただ黙祷を捧げるつもりでここにやって来たのだろうか。こんなときはどうすればいいのだろう？　しかたなく僕はまたカメラを構えた。そして、犠牲者の名前が並ぶ石板と山を象った石柱を撮影した。だが、この写真も、それに先刻撮った写真もけっして見かえすことはないのだ。そうと知りつつ僕はシャッターを切った。そうやって澄まして写真を撮りながら、さあ、どうやって車にもどろうかと考えた。どうすればきっぱりとこの場を去ることができるだろう。この慰霊碑から、あのピクニックのテーブルから、三人のあの感傷的な——あまりに隔たりがありながらそれでいてものすごく近くに感じる——視線から、どうすれば逃れられるだろうか。僕は方法を模索していた。

＊

シャモニーに着くと、僕は車を降りて町なかを歩いた。〈ラコステ〉や〈ベネトン〉のポロシャツを着たヴァカンス客とすれ違う。そろそろ夏もおしまいだ。僕は小さなレストランに入り、テラス席に腰を下ろした。いちばん眺めのいい席に案内してくれた店主の女性から、今日のおすすめはラビオリのグラタンだと言われた。目の前の空をパラグライダーがうねうねと飛んでいる。太陽の光をいっぱいに受けて、モンブランはこれまでにないくらい白く見えた。

　昼食を済ませると、僕はタバコ屋に入って〈ラッキーストライク〉を買った。広々とした店内はそこそこ洒落ていて、客の入りもよさそうだった。客たちは互いに顔なじみらしく、立ちどまって話に興じているが、店の中はとてもおだやかな雰囲気で、ＢＧＭもそれらに合っていた。音楽も、客の動きも、何もかもがゆったりとしていた。流れている曲はきっと『ソウル・レベル』というタイトルなのだろう。スネアドラムの刻むチャールストンのリズムに乗って、歌い手が《魂の反逆者《ソウル・レベル》、魂の反逆者《ソウル・レベル》》と繰り返す。僕はそれがボブ・マーリー[86]の声だとは、すぐには気づかなかった。音やテクスチュアが、妙に浮世離れしていて浮遊しているように感じられた。僕はもうしばらく、せめて曲が終わるまでこのふわふわとたゆたうような状態に身をおいていたいと思った。

店を出たところで、ポケットの携帯電話が振動した。

ショートメールが入っている。《山はきれい？》

僕はタバコに火をつけて、返信した。《きれいで……背筋がゾクッとする》

すると、折返しメッセージが来た。《山によろしく伝えておいてよ、ね？》

＊

そこで僕はモンブランに向かってお辞儀をした。それくらいお安い御用だった。なんだったら挨拶のキスをしたっていい。必要とあれば。だが、いかんせん、相手の背が高すぎる。そばを通りかかった人たちが僕をじろじろ見ていった。

道はすぐに長いカーブの続く下り坂になった。ハンドルを切っていくうちに、笑いがこみあげてきた。僕は腹の底から笑った。笑っていると、ボルヘスの顔が現れた。ボルヘスも笑っている。そこにボブ・マーリーが加わった。車内は三人から四人になり、やがて仲間はさらに増えていった。風がやさしくそよぎ、窓や車体に頬ずりをする。ヒュルヒュルと歌を口ずさむ風に、雑多なざわめきが交錯する。路面を走るタイヤの響きも、木々の梢のさんざめきも。さあ、坂を下りきった先には何が待っているのだろう。僕はアクセルを踏みこんだ。僕にはめぐりあえた人生がある。人生だけは待たせたくない。

さいごに

夜、開けておいた窓からコウモリが一羽入ってきた。僕は眠っていたが、コウモリがキーキー鳴いているのがぼんやりと聞こえていた。といっても、最初は鎧戸の金具か蝶番がきしんでいるのだと思っていた。

僕はしばらくそのまま聞いていたが、ようやく起き上がって、音の正体がコウモリだったと知った。どうやら長時間にわたって猫のオモチャにされていたらしい。かわいそうにコウモリは力尽きて、床の上でぺしゃんこになっていた。拾いあげてみると、ぐにゃりとしてゴムでできた袋のように頼りない。

死んでいるようだった。

僕はしかたなく窓のへりに横たえておこうと考えた。ところが、外気に触れたとたん、コウモリは奇跡的に息を吹き返した。そして、すぐに飛び立って二棟の建物のあいだに消えてしまった。ハタハタと羽音だけを残して。外はわずかに風がそよいでいた。

ト・ミネリ監督。

85 ── 『類推の山』は、ルネ・ドーマルの未完の登山冒険小説。作家の死後、妻と友人が原稿を整理し、「序」と「後記」、さらに遺稿の中から発見された覚書を加えて出版した。（邦訳：『類推の山』巖谷國士訳／河出文庫／1996年）

86 ── ボブ・マーリー　Bob Marley（1945〜1981）ジャマイカのレゲエ・ミュージシャン。『ソウル・レベル』は1970年にリリースされたボブ・マーリー&ザ・ウェイラーズのアルバム『ソウル・レベルス』内の曲。

76 ── トレス　生地を三つ編みにして焼いたパン。
メルヴェイユ　メレンゲをクリームで包んだ伝統菓子。

77 ── 1977年に発表されたビラ=マタスの *La asesina ilustrada* の中の一節《Tan mezcladas y entrelazadas se encuentran en mi vida las ocasiones de risa y de llanto（私の人生では笑いと涙が混ざりあい絡みあっている）》を指すと思われる。

78 ── 2006年11月5日付エル・パイス紙（スペインの日刊紙）に寄稿した文章の一節。

79 ── ハーマン・メルヴィル　Herman Melville（1819〜1891）アメリカの作家。

80 ── 2006年6月25日付エル・パイス紙に寄稿した文章の一節。

81 ── オーソン・ウェルズ　Orson Welles（1915〜1985）アメリカの俳優、映画監督。
リタ・ヘイワース　Rita Hayworth（1918〜1987）アメリカの女優。

82 ── マリア・カラス　Maria Callas（1923〜1977）ギリシャ系アメリカ人のソプラノ歌手。

83 ── 労働者が集会所として使えるように作られた施設。

84 ── 『風と共に去りぬ』　1939年製作のアメリカ映画。ヴィクター・フレミング監督。マーガレット・ミッチェルの原作を映画化。
『黄金の腕』　1955年製作のアメリカ映画。オットー・プレミンジャー監督。
『走り来る人々』　1958年製作のアメリカ映画。ヴィンセン

2007年）。

75 ― ホルヘ・ルイス・ボルヘス（⇒注55）

レーモン・ルーセル Raymond Roussel（1877〜1933）フランスの小説家、詩人。

ジョルジュ・ペレック（⇒注41）

ルネ・ドーマル René Daumal（1908〜1944）フランスの作家、哲学者。

フアン・ロドルフォ・ウィルコック Juan Rodolfo Wilcock（1919〜1978）アルゼンチンの作家、詩人。

ルイス・キャロル Lewis Carroll（1832〜1898）イギリスの作家、詩人、数学者。

フランツ・カフカ Franz Kafka（1883〜1924）チェコ出身の作家。

フェルナンド・ペソア Fernando Pessoa（1888〜1935）ポルトガルの作家、詩人。

エドガー・アラン・ポー Edgar Allan Poe（1809〜1849）アメリカの小説家、詩人。

フランシス・スコット・フィッツジェラルド（⇒注28）

ジャック・ロンドン Jack London（1876〜1916）アメリカの作家。

リチャード・ブローティガン Richard Brautigan（1935〜1984）アメリカの作家、詩人。

レイモンド・チャンドラー（⇒注26）

小林一茶（⇒注44）

ロバート・ルイス・スティーヴンソン Robert L. Stevenson（1850〜1894）イギリスの作家、詩人。

69 —— ヴィム・ヴェンダース　Wim Wenders (1945～) ドイツの映画監督。

70 —— アニー・エルノー　Annie Ernaux (1940～) フランスの作家。文中の引用文は、2001年2月3日付のル・モンド紙のインタビュー記事の抜粋。

71 —— ピエール・ベルグニウ　Pierre Bergounioux (1949～) フランスの作家。

72 —— 1923年以前に書かれたとされるボルヘスの未発表の詩が、1992年にブエノスアイレスの国立図書館で偶然発見され、話題となった。それらは *LA PROXIMITÉ DE LA MER. UNE ANTHOLOGIE DE 99 POÈMES* (海の近くで——詩選集99篇) に収められて出版された (フランス語版は2010年にガリマール社より刊行)。文中の詩選集はこれを指すものと思われる。

73 —— ベルガルドは、オーヴェルニュ=ローヌ=アルプ地域圏の自治体ベルガルド=シュル=ヴァルスリーヌにある駅。ベルガルド=シュル=ヴァルスリーヌは、リヨンとモンブランの中間にあたる山あいに位置する。ベルガルド (Bellegarde) は直訳すると「美しい番人」。とりたてて特徴のない場所につけられた、このベルガルドという地名には、存在のよりどころがあるような、ないようなパラドキシカルな味わいがあり、惹かれる、と著者はいう。

74 —— エマニュエル・ボーヴ　Emmanuel Bove (1898～1945) フランスの作家。*Bécon-les-Bruyères*は、パリの郊外にある町ベコン=レ=ブリュイエールを淡々と描いたエッセーである。邦訳は『あるかなしかの町』(昼間賢訳／白水社／

62 —— フランシスコ・デ・ゴヤ Francisco de Goya (1746〜1828) スペインの宮廷画家。

ジュゼッペ・アルチンボルド Giuseppe Arcimboldo (1526〜1593) イタリアの宮廷画家。

63 —— ジョヴァンニ・バッティスタ・ピラネージ Giovanni Battista Piranesi (1720〜1778) イタリアの画家・建築家。

64 —— ヴィクトル・ヴァザルリ Victor Vasarely (1906〜1997) ハンガリー生まれ、フランス国籍の画家で、オプティカル・アートの先駆者。

アンリ・マティス Henri Matisse (1869〜1954) フランスの画家。『豪奢、静寂、逸楽』はフォーヴィスム運動の出発点となる作品と考えられている。

65 —— 『北北西に進路を取れ』1959年製作のアメリカ映画。監督はアルフレッド・ヒッチコック Alfred Hitchcock (1899〜1980)、主演はケーリー・グラント Cary Grant (1904〜1986)。

66 —— 『パーティー』1968年製作のアメリカ映画。ブレイク・エドワーズ監督。

ピーター・セラーズ Peter Sellers (1925〜1980) イギリスの喜劇俳優。

67 —— 『ダンディ2　華麗な冒険』1971〜1972年に制作・放送されたイギリスのテレビ番組。

トニー・カーティス Tony Curtis (1925〜2010) アメリカの俳優、映画プロデューサー。

68 —— *North by Northwest* (北北西に進路を取れ) のフランス語版のタイトルは *La Mort aux trousses* (つきまとう死)。

54 —— ジャック・ケルアック　Jack Kerouac（1922〜1969）アメリカの作家。

55 —— ホルヘ・ルイス・ボルヘス　Jorge Luis Borges（1899〜1986）アルゼンチン出身の作家、詩人。文中の引用文はボルヘスとエルネスト・サバトによる *Conversations à Buenos Aires*（ブエノスアイレスでの対話）中のもの。

56 —— グレン・フォード　Glenn Ford（1916〜2006）カナダ出身のアメリカの俳優。

『決断の3時10分』　1957年製作のアメリカ映画。監督はデルマー・デイヴィス。エルモア・レナードの小説『ユマ行き三時十分』を映画化した西部劇。

57 —— ライオネル・ハンプトン　Lionel Hampton（1908〜2002）アメリカのジャズミュージシャン。

58 —— キング・クリムゾン　King Crimson　イギリスのロックバンド。ロバート・フリップ Robert Fripp（1946〜）は、キング・クリムゾンのギタリスト兼リーダー。

59 —— カート・ヴォネガット　Kurt Vonnegut（1922〜2007）アメリカの小説家、劇作家。

60 —— アッシジの聖フランチェスコ　Francesco d'Assisi（1182〜1226）フランチェスコ会（フランシスコ会）の創設者。修道会の設立に際し、戒律をローマ・カトリック教会に承認してもらうため、弟子たちとともにローマに向かったが、ボロボロの身なりをしていたためになかなか教皇との謁見が認められなかった。

61 —— ルーカス・クラーナハ（父）Lucas Cranach der Ältere（1472〜1553）北方ルネサンスを代表するドイツの画家。

の映画監督。『モード家の一夜』は1968年製作のフランス映画で、ロメールによる「六つの教訓物語」の第3作。

43 —— アントワーヌ・ヴィテーズ　Antoine Vitez（1930〜1990）フランスの俳優、演出家、劇作家、詩人。

44 —— 小林一茶（1763〜1828）信濃国出身の江戸時代を代表する俳諧師。

45 —— 一茶の句「真直ぐな小便穴や門の雪」を指すものと思われる。

46 —— クラウス・バルビー　Klaus Barbie（1913〜1991）ドイツ親衛隊員。第二次大戦終結から38年後の1983年、フランス当局に逮捕され、1987年に戦時中の人道に対する罪で終身禁固刑を宣告される。

47 —— サヴォワ地方の郷土料理。ジャガイモに炒めたタマネギとベーコン、チーズを乗せてオーブンで焼いたもの。

48 —— イタロ・カルヴィーノ　Italo Calvino（1923〜1985）イタリアの作家。

49 —— アメリカの漫画、アニメーションの黒猫のキャラクター。

50 —— ティム・バックリィ　Tim Buckley（1947〜1975）アメリカのシンガーソングライター。

51 —— ピーテル・ブリューゲル（小）Pieter Bruegel de Jonge（1564あるいは1565〜1636）フランドル（ブラバント公国、現在のベルギー）の画家。同名の父の作品を数多く模写している。

52 —— パウル・クレー　Paul Klee（1879〜1940）スイスの画家。

53 —— フランスの詩人アルチュール・ランボーの『地獄の季節』の中の「錯乱II　言葉の錬金術」の一節。

が他殺説を主張し、リミニ検察庁に再審請求をおこなった結果、受理されている。

39 —— 2010年にストック社より出版された著者の処女作 *Je suis pour tout ce qui aide à traverser la nuit*（闇の中を導いてくれるものすべてを歓迎する）を指す。この本は、少年時代の思い出、映画や作家やアーティストやその作品にまつわる話、夢想などを綴った154の短い文章からなり、父や母の思い出も登場する。最後の二つの章で、両親がモンブラントンネル火災事故に巻きこまれ、帰らぬ人となったことが示唆されている。

40 —— マルセル・デュシャン Marcel Duchamp（1887〜1968）フランスの芸術家。さまざまな作品のミニチュアやレプリカなどを集めて小さなスペースに収める表現や、作品のポータブル性を意識した芸術の制作に取り組んだ。自らの作品のレプリカを詰めた『トランクの中の箱』という作品がある。

エンリーケ・ビラ=マタス Enrique Vila-Matas（1948〜）スペインの作家。1985年に発表した『ポータブル文学小史』で脚光を浴びる。この作品ではマルセル・デュシャンをはじめとする芸術家や文学者たちが作品の軽量化を目指して奮闘するさまが描かれている。作品中に登場する芸術家たちのように、ビラ=マタスもまたこの作品において既成の価値観を打破して新たな創造を目指そうとした。

41 —— ジョルジュ・ペレック Georges Perec（1936〜1982）フランスの作家。実験的な作品で知られる。

42 —— エリック・ロメール Éric Rohmer（1920〜2010）フランス

31 —— ベルリエ　Berliet　19世紀に誕生したフランスの自動車メーカー。1967年にシトロエンに吸収される。

32 —— フランチェスコ・ペトラルカ　Francesco Petrarca（1304〜1374）イタリアの詩人・モラリスト。イタリア文学の三巨星の一人で、ルネサンスの先駆者。

33 —— 北にアルプス、南に地中海を望む「プロヴァンスの巨人」と呼ばれる山。モン・ヴァントゥーは「風の強い山」の意。ツール・ド・フランスでも最高難度の山岳ステージとして知られる。

34 —— マルコ・パンターニ　Marco Pantani（1970〜2004）イタリアの伝説的なロードレースの選手。

35 —— フェリーチェ・ジモンディ　Felice Gimondi（1942〜）イタリアの元ロードレーサー。自転車三大大会制覇の偉業を成し遂げている。

シャルリー・ゴール　Charly Gaul（1932〜2005）ルクセンブルクのロードレーサー。"山岳の天使"の異名をもつ名ヒルクライマー。

36 —— ギア比が大きければギアは重くなる。ギアが軽ければ登りは楽になるが、その分スピードが出ない。パンターニの場合、フロントのギアの歯数54-44、リアの歯数12-23で、ギア比は4.5と大きかった。

37 —— ガリビエ峠　ツール・ド・フランスのアルプス越えステージで登場する難所。標高2642メートル。

ツールマレー峠　ツール・ド・フランスのピレネー山脈越えステージで登場する難所。標高2115メートル。

38 —— 2014年に自殺説を覆す新たな証拠が見つかった。弁護団

1988年）の中の一節。

26 —— レイモンド・ソーントン・チャンドラー　Raymond Thornton Chandler（1888〜1959）アメリカの作家。

ジョルジュ・シムノン　Georges Simenon（1903〜1989）ベルギー出身の推理作家。

アーサー・コナン・ドイル　Arthur Conan Doyle（1859〜1930）イギリスの作家、医師。

27 —— ルネ・マグリット　René Magritte（1898〜1967）ベルギーの画家。引用の言葉は、1959年にマグリットが友人であるベルギーの詩人・画家のアンドレ・ボスマンに宛てた手紙の中の一節。

28 —— フランシス・スコット・フィッツジェラルド　Francis Scott Fitzgerald（1896〜1940）アメリカの作家。

29 —— ザ・クラッシュ　The Clash　ブリティシュ・パンクの先駆けとして70年代から80年代にかけて活動したパンク・バンド。

『ルード・ボーイ』は1980年公開のイギリス映画で、ザ・クラッシュのメンバーが出演している。ザ・クラッシュの活動を労働者階級に属するひとりの熱狂的なファンの視点から捉えるとともに、貧困や人種差別に抗う移民のルード・ボーイ（不良）たちの姿を描いたドキュメンタリータッチの作品。

『サンディニスタ！』は1980年12月にリリースされたザ・クラッシュ4作めの3枚組アルバム。

30 —— グルーチョ・マルクス　Groucho Marx（1890〜1977）アメリカのコメディアン。

18 —— エル・コルドベス　El Cordobés（1936〜）スペインの闘牛士マヌエル・ベニテス　Manuel Benítezの愛称。伝統を破壊するような闘いかたをし、国民的アイドルともなった。「エル・コルドベス」は「コルドバの男」の意。

19 —— ポルフィリオ・ルビロサ　Porfirio Rubirosa（1909〜1965）ドミニカ共和国の外交官。レーシングドライバー、ポロプレイヤーとしても活躍し、多く女優や資産家の女性らと浮名を流した。

20 —— ロバート・フランシス・"ボビー"・ケネディ　Robert Francis "Bobby" Kennedy（1925〜1968）アメリカの政治家。元上院議員、元司法長官。ジョン・F・ケネディ大統領の実弟で、選挙キャンペーン中に暗殺された。

21 —— イラナ・ロヴィナ　Ilana Rovina（1934〜）イスラエル出身の歌手、女優。母親は女優のハナ・ロヴィナ。

22 —— オラス・ベネディクト・ド・ソシュール　Horace-Bénédict de Saussure（1740〜1799）スイスの自然科学者。

23 —— ヴィクトル・ユゴー　Victor Hugo（1802〜1885）フランスの詩人、小説家、劇作家、政治家（第二共和政）。
ジョージ・ノエル・ゴードン・バイロン　George Noel Gordon Byron（1788〜1824）イギリスの詩人。

24 —— 「鳥刺しの宝、または狩猟の技術」の意。鳥刺しとは鳥もちなどを使用して鳥類を捕獲すること。また、それを職業とする人のこと。

25 —— カルロ・ギンズブルグ　Carlo Ginzburg（1939〜）イタリアの歴史家。文中の引用は、1986年に刊行された論文集『神話・寓意・徴候』（邦訳：竹山博英訳／せりか書房／

トランペッター。

12 —— フランス語のessenceにはガソリンという意味もある。

13 —— マルチェロ・マストロヤンニ　Marcello Mastroianni（1924～1996）イタリアを代表する映画俳優。

14 —— ベルクール広場　ユネスコの世界文化遺産に登録されたリヨン歴史地区にある広場。

ポン・ヌフ　セーヌ川に架けられたパリに現存する最古の橋。

15 —— ロベール・フィリウ　Robert Filliou（1926-1987）フランスの詩人、芸術家。引用の言葉は、1964年に「フィリウの理想（Filliou idéal）」として掲げたもの。

16 —— オードリー・ヘップバーン　Audrey Hepburn（1929～1993）イギリスの女優、ユニセフ親善大使。

フランソワーズ・アルディ　Françoise Hardy（1944～）フランスの歌手、女優。

グレース王妃　Grace de Monaco（1929～1982）モナコ公国大公妃。もとアメリカの女優（グレース・ケリー）。

ジョルジュ・ジャン・レイモン・ポンピドー　Georges Jean Raymond Pompidou（1911～1974）フランスの政治家。第19代フランス大統領。

スティーヴ・マックイーン　Steve McQueen（1930～1980）アメリカの俳優。

17 —— ジャン=モーリス・ボスク　Jean-Maurice Bosc（1924～1973）フランスの風刺漫画家。

ジャン=ジャック・サンペ　Jean-Jacques Sempé（1932～）フランスのイラストレーター、漫画家。

けて雑誌に連載されたチャールズ・ディケンズ（1812〜1870）の長編小説。幼少時に孤児となった少年が逆境を乗り越え、のちに作家として成功し、幸福をつかむ話。

7 — ジャンゴ・ラインハルト　Django Reinhardt（1910〜1953）ベルギー生まれのギタリスト。1934年にヴァイオリニストのステファン・グラッペリらとフランス・ホット・クラブ五重奏団を結成。『雲（Nuages）』は最大のヒット曲。

8 — 予審とは公判開始前の証拠収集手続きをいう。重罪事件では必要的に実施される。予審判事は尋問や証拠収集をおこなって事案を正式な裁判に回すかを判断する。

9 — エールアンテール148便墜落事故　1992年1月20日、リヨンからストラスブールに向かう仏エールアンテール社の国内線旅客機が着陸アプローチ中に山の尾根に激突、乗員乗客87名が死亡した。パイロットによるコンピューター制御システムへの入力ミスが原因とされている。

感染血液事件　1984年と1985年、フランスの国立輸血センターで汚染された血液や血液製剤が血友病患者らに供給され、推定約5000人がHIVに感染した。センター側は汚染の事実を知りながら血液を供給していた。当時の厚生大臣らが相次いで起訴され、刑事裁判で罪に問われた。

10 — クラフトワーク　Kraftwerk　ドイツのテクノ・グループ。『アウトバーン』は4枚めのアルバムで、英米でヒットした。同名のシングル曲は彼らの代表曲でもあり、テクノポップの先駆けとなったといわれる。

11 — ドン・エリス　Don Ellis（1934〜1978）アメリカのジャズ・

訳　注

1 ── ジョセフ・ジュベール Joseph Joubert（1754～1824）
フランスのモラリスト。生涯を読書と瞑想で過ごした。引用句は、1795年1月25日付のジュベールの日記（*JOURNAL INTIME DE JOUBERT*）に記されていたもの。

2 ── Société des autoroute et tunnel du Mont Blanc. 国が株式の約7割を保有する混合経済会社（日本の第3セクターに該当）。

3 ── トラックの積み荷はマーガリンと小麦粉だったともいわれている。

4 ── ゲイリー・クーパー Gary Cooper（1901～1961）アメリカの俳優。『誰がために鐘は鳴る』はアーネスト・ヘミングウェイの小説の映画化作品で、クーパーは内戦下のスペインで独裁政権から人々を救うためゲリラ活動に参加し自らの理念を信じて行動するアメリカ青年を演じている。

5 ── ステファーニア・ベルモンド Stefania Belmondo（1969～）
イタリアのノルディックスキーの選手でオリンピックのメダリスト。

6 ── 『小さな孤児アニー』1924年に始まったハロルド・グレイ（1894～1968）作の新聞連載漫画『ザ・リトル・オーファン・アニー』のこと。孤児院で暮らしながら、いつか両親に会えると信じて希望を捨てない少女が、逆境にあっても前向きに明るく生きていく話。映画やミュージカルにもなっている。

『デイヴィッド・コパフィールド』1849年から1850年にか

著　者　ファビオ・ヴィスコリオージ　Fabio Viscogliosi

1965年、フランス・リヨン市郊外ウランに生まれる。リヨン在住。小説家として本書を含む3作品を出版するほか、グラフィック・アーティスト、漫画家、ミュージシャンとしても活躍している。1990年代初めから現在まで漫画本、絵本をコンスタントに出版。リヨン現代美術館（2009年）、モントルイユ公立図書館（2016年）等各地で作品展を行っている。音楽活動では2002年と2007年に自身のソロアルバムをリリースしたほか、他ミュージシャンとのコラボレーションや映画音楽、朗読BGMなど幅広く手がけている。

2010年に*Je suis pour tous ce qui aide à traverser la nuit*（闇の中を導いてくれるものすべてを歓迎する）を上梓、小説家としてのデビューを果たす。本書*Mont Blanc*（2011年）は2作め。2014年に*Apologie du slow*（スロー礼賛）を刊行。

【モンブラントンネル火災事故】

モンブラントンネル（Tunnel du Mont-Blanc）は、フランスのシャモニーとイタリアのクールマイユールを結ぶ全長11.8kmの自動車道トンネル。名称は両国を隔てるアルプスの最高峰モンブランに因む。このトンネルの開通（1965年）により交通の便は大きく向上し、輸送量は著しく増加した。

「モンブラントンネル火災事故」は、1999年3月24日の火災発生から26日に鎮火するまでの3日間の惨事を指す呼称である。3月24日午前11時頃、トンネル内を通過中の冷蔵貨物トレーラーが燃料漏れにより爆発、たちまちトンネル内に火災が拡大する。激しい煙と高温のため多くの被害者はトンネル内シェルターにたどり着くことすらできず、結果、死者が39名に及ぶ大惨事となった。トンネルは事故後閉鎖され、修復と設備増強の工事、管理指揮系統の全面見直しと再構築を行い、約3年後に再び開通する。

ファビオ・ヴィスコリオージの両親は友人とともにこの火災事故に巻き込まれて亡くなった。2007年のリベラシオン紙によるインタビューでヴィスコリオージは、両親を突然失い「孤児」となったことの影響は絵画や作曲など自身の創作物にわれ知らず顕れている、と語っている。

訳 者　大林　薫　おおばやし かおり

青山学院大学フランス文学科卒業。フランス語翻訳家。訳書にコリーヌ・ルパージュ著『原発大国の真実　福島、フランス、ヨーロッパ、ポスト原発社会に向けて』（長崎出版／2012年）、共訳書にアドニス著『暴力とイスラーム 政治・女性・詩人』（エディション・エフ／2017年）、モーリス・ルブラン著『怪盗紳士アルセーヌ・ルパン 奇岩城』（角川つばさ文庫／2016年）などがある。

モンブラン

2018年7月20日　初版第一刷発行

著者　ファビオ・ヴィスコリオージ
訳者　大林 薫

表紙・カバーデザイン　司 修
本文デザイン　ウーム総合企画事務所　岩永忠文
編集・発行人　岡本千津
発行所　エディション・エフ　http://editionf.jp
京都市中京区油小路通三条下ル148　〒604-8251
電話 075-754-8142
印刷・製本　サンケイデザイン株式会社

ISBN 978-4-9908091-7-1 Printed in Japan